백년도 못사는데
무얼 그리 탐내는가

고승열전 4 자장율사

백년도 못사는데
무얼 그리 탐내는가

윤청광 지음

우리출판사

윤 청 광

전남 영암 출생으로 동국대학교에서 영문학을 전공했고, MBC-TV 개국기념작품 공모에 소설 〈末島〉가 당선되었으며, MBC에서 〈오발탄〉〈신문고〉〈세계 속의 한국인〉 등을 집필했다. 그 동안 대한출판문화협회 상무이사・부회장・저작권대책위원장・한국방송작가협회 이사・감사・방송위원회 심의위원을 역임했고, 〈불교신문〉 논설위원을 거쳐 현재 〈법보신문〉 논설위원, 법정스님이 제창한 〈맑고 향기롭게 살아가기 운동〉 본부장, 출판연구소 이사장을 맡아 활동하고 있다. BBS 불교방송을 통해 〈고승열전〉을 장기간 집필했고, ≪불교를 알면 평생이 즐겁다≫ ≪불경과 성경 왜 이렇게 같을까≫ ≪회색 고무신≫ 등의 저서가 있으며, 기업체・단체 연수회에 초빙되어 특강을 통해 '더불어 사는 세상'을 가꾸고 있다.

BBS 인기방송프로
고승열전 ④ **자장율사**
백년도 못사는데 무얼 그리 탐내는가

2002년 10월 23일 개정판 1쇄 발행
2022년 10월 25일 개정판 4쇄 발행

지은이/윤청광
펴낸이/김동금
펴낸곳/우리출판사
등록/1988년 1월 21일 제9-139호
주소/03746 서울특별시 서대문구 경기대로9길 62
전화/(02)313-5047, 5056
팩스/(02)393-9696
E-mail/woribooks@hanmail.net
www.wooribooks.com

ISBN 89-7561-175-2 03810

책값은 뒷표지에 있습니다.

・지은이와 협의하여 인지를 붙이지 않습니다.
・잘못된 책은 본사나 구입하신 서점에서 바꾸어 드립니다.

'똑똑히 보아라! 제 아무리 절세미인도, 제 아무리 천하장사도, 제 아무리 큰 나라의 제왕도, 제 아무리 재물이 많은 부호도 결국은 다 저렇게 백골이 되어 종국에는 백골마저 부서지고 삭아서 없어지게 되느니라.

그래도 너는 다른 목숨을 해치고 죽이겠느냐?

그래도 너는 거짓말로 남을 속이고 재물을 훔치겠느냐?

그래도 너는 남을 미워하고 원한을 품고 복수를 하겠느냐?

그래도 너는 눈 앞의 이익을 취하려고 치사하고 더러운 짓을 감히 하겠느냐?

사람의 한평생은 참으로 잠깐이다. 좋은 일, 착한 일만 하기에도 모자라거늘, 하물며 어찌 감히 나쁜 짓, 악한짓, 치사하고 더러운 일에 잠시인들 정신을 빼앗길 것인가!

저 백골을 똑똑히 보아라!

저 백골을 똑똑히 보아라!'

차례

1
부처님과의 약조 / 11

2
세상 벼슬은 하지 않을 것이네 / 21

3
죽음도 불사한 불심 / 39

4
만나면 반드시 헤어지는 법 / 50

5
문수보살이 내려준 게송 / 66

6
황룡사에 구층탑을 세우시오 / 83

7
양상군자 / 103

8
때 아닐 적에는 먹지 말라 / 114
9
부처님의 가사 한 벌과 진신사리 / 123
10
물거품 같다고 세상을 보아라 / 136
11
백제 장인, 아비지 / 164
12
선인선과요, 악인악과라 / 195
13
도리천에 묻어주시오 / 213
14
대국통 자리도 이젠 싫소이다 / 221
15
아상을 가진 자가 어찌 나를 보리오 / 238

1
부처님과의 약조

지금으로부터 1360여 년 전인 서기 632년, 그러니까 신라 선덕여왕 1년이었다.

이때 황룡사에는 원광법사가 아흔한 살의 많은 나이임에도 불구하고 머물고 계시면서 분황사 창건 공사를 지켜 보고 계셨다.

당시 신라의 서라벌, 지금의 경주 고을에 김선종랑이라는 사람이 살고 있었다.

이때의 선종랑의 나이는 마흔 한 살이었고, 아내와 자식까지 두고 있었다.

그런데 어느날 밤이었다.

늙으신 어머니가 아들 선종랑을 불러 앉혔다.

"이것 보아라, 애비야."

"예, 어머님."

"이 어미는 이제 늙어서 세상을 오래 살지는 못할 것이다."

어머니의 힘없는 말에 선종랑은 마음이 아팠다.

"원 무슨 그런 섭섭한 말씀을 하십니까요, 어머님. 어머님은 오래오래 사셔야 합니다."

"내가 이렇게 자리에 누운 지도 여러 달이 되었으니, 머지 아니해서 네 아버님 곁으로 가게 될 것 같구나."

선종랑은 어머님의 야윈 손을 꼭 잡았다.

"그런 말씀 마시고 기력을 차리십시오, 어머님."

어머니는 잠시 두 눈을 감고 무엇인가를 생각하더니 힘겹게 눈을 뜨고 선종랑을 쳐다 보았다.

"내 죽기 전에 너한테 꼭 말 해 줄 것이 있으니……."

"예, 어머님. 말씀…… 하시지요."

"너도 알다시피 우리 집안은 진골 집안이라 왕이 될 수도 있는 귀족의 신분이다."

"그건 소자도 잘 알고 있사옵니다, 어머님."

"네 아버님은 소판까지 오르셨던 분이니, 벼슬의 순서로 말을 하자면 십칠 등급 가운데 세번 째 가는 높은 벼슬이셨다."

"예, 소자도 알고 있사옵니다."

"헌데 네 아버님께서 그토록 높은 벼슬까지 하셨건만, 우리 사이에는 혈육이 없었구나."

"······ 예."

"그래서 네 아버님과 나는 남산에 들어가 천수관음보살님께 자식 하나만 점지해 주시면 반드시 그 자식을 부처님께 바칠 것이라 불공을 드렸었구나."

"······."

"그후, 나는 하늘에서 큰 별이 떨어져 품 안으로 들어오는 꿈을 꾸고 너를 갖게 되었는데, 이상스럽게도 네가 태어난 날이 사월 초파일, 부처님 생신과 같은 날이었단다."

"······."

"그래서 네 이름도 선종랑이라고 지었던 것이다. 그런데 네 아버님과 나는 어리석은 욕심 탓으로 너를 부처님께 바치겠다는 당초의 약조를 어기고 장가를 들여 아내와 자식까지 두게 했으니, 그 한 가지 죄가 두고두고 마음에 걸리는구나."

선종랑은 늙으신 어머니의 두 손을 잡은 손에 힘을 주었다.

"아무 염려 마십시오, 어머님. 두고두고 부처님을 잘 모시도록 할 것입니다. 그리고 절에다 시주도 넉넉히 하도록 하겠습니다."

그러나 늙으신 어머님은 이 이야기를 아들 선종랑에게 남기신 뒤 오래지 아니해서 세상을 뜨고 말았으니, 선종랑의 슬픔은 이만 저만이 아니었다.

선종랑은 이미 고인이 되신 아버님과 어머님의 극락왕생을 위해

가까운 절로 찾아가 천도재를 올려드렸다.

　스님의 법문이 있었으나 선종랑은 슬픔에 잠겨 그 말씀이 제대로 들어오지 아니 하였다.

　선종랑은 법문이 끝난 후, 부모를 여읜 허망함을 스님에게 하소연 하였다.

　"스님! 소생 그동안 역사, 지리, 천문 등 많은 학문을 공부하여 학식이 뛰어나다는 소리를 들어온 터였습니다. 그러나 그런 학식이 아무런 소용이 없다는 생각이 듭니다. 아버님, 어머님께서 세상을 뜨시는 것 하나를 막을 수 없는데, 그런 맥없는 학문을 백 년을 공부한들 무슨 소용이 있겠습니까?"

　선종랑의 탄식에 스님은 조용히 입을 열었다.

　"그래서 부처님께서는 일찍이 제법무아, 제행무상이라 가르쳐 주신 것이지요."

　"제법무아, 제행무상이라니 그건 대체 무슨 말씀이신지요?"

　"제법무아, 제행무상이라는 것은 '나'라고 하는 것은 원래 없는 것이요, 이 세상에 있는 모든 것은 항상 그대로 멈추어 있는 것이 아무것도 없으니, 생겨나고 머물고 부서져 없어진다는 말씀이지요."

　"그, 그러니까 인생살이라는 이것이 모두 허망한 것이다 그런 말씀이신가요?"

"원래 없던 것이 인생살이이거늘 허망하고 아니하고가 따로 없습지요. 이 팔, 이 다리, 이 몸 이게 모두가 다 원래 없던 물건 아니겠습니까?"

"…… 원래…… 없던 물건이라구요?"

"어머님께서 세상 뜨신 지 얼마 아니 되었으니 허전하고 슬프고 허망하다는 생각을 하게 되는 것도 당연한 일이겠지요마는 세상만사를 바로 보시고 바로 알게 되면, 허망하다는 생각, 슬프다는 생각에서 벗어나게 될 것입니다."

선종랑은 스님 앞으로 바짝 다가앉았다.

"하, 하오면 대체 소인이 어떻게 하면 이 허망한 생각에서 벗어날 수 있겠습니까, 스님?"

"우리 부처님께선 일찍이 이렇게 말씀하셨습니다."

'아아 이 몸은 오래지 아니해서
다시 흙으로 돌아가리라.
정신이 한 번 몸을 떠나면
해골만이 땅 위에 버려지리라.

목숨이 다해 정신이 떠나면
가을철에 버려진 표주박처럼

살은 썩고 백골만 뒹굴게 될 것을
무엇을 사랑하고 즐길 것인가!'
　스님으로부터 부처님의 말씀을 전해들은 선종랑은 잠시 입속으로 그 말씀들을 되내여 보았다.
　"하, 하오면…… 스님."
　스님은 선종랑의 말은 듣지도 않고 말을 이었다.
　"돌아가시거든 조용한 곳에 머물며 백골관으로 마음을 닦으시도록 하시오."
　"백골관으로 마음을 닦으라니요?"
　"살도 피도 다 없어지고 앙상하게 굴러다니는 백골을 관하면 모든 집착에서 벗어나게 될 것이오!"
　선종랑은 스님의 법문을 듣고난 후에도 도무지 마음을 가라앉힐 수가 없었다.
　살도 없어지고 피도 없어진 썩다 남은 백골. 그 백골을 늘 생각하고 마음을 닦으라니 이것은 참으로 선종랑에게는 크나큰 충격이었다.
　"하, 하오면 스님, 한 가지만 더 여쭙고자 하옵니다."
　"말씀하십시오."
　"백골만 떠올리고 백골만 생각하면 마음이 바로 잡힌다, 그런 말씀이시옵니까?"

 선종랑의 물음에 아무런 말도 없이 선종랑의 얼굴을 쳐다보던 스님이 입을 떼었다.
 "이번에는 소승이 먼저 묻겠소이다."
 "…… 예, 그러시지요."
 "선종랑께서는 사십 년 전에도 어른의 몸이셨소이까?"
 선종랑은 무슨 그런 것을 다 묻느냐는 표정이었다.
 "그, 그야 그때는 갓난 아기였습지요."
 "앞으로 오십 년 후에는 어찌 될 것 같으십니까?"
 "오십 년…… 후라면, 아이구 그땐 나이가 구십이 넘을 터이니 감히 어찌 그때까지 살아있기를 바라겠습니까?"
 "그러면 죽은 후 오십 년, 아니 백 년 후, 그땐 이 육신이 어찌 되어 있겠습니까요?"
 "그, 그야 백골만 남게 되거나 백골마저 썩어 없어져서 흙이 되겠습지요."
 "…… 바로 말씀하셨습니다. 이 세상의 모든 생명있는 것은, 사람이건 짐승이건 모두 다 이렇게 생겨나고 머물고 늙고 병들어 죽게 되어 있습니다. 그리고 죽은 뒤에는 어김없이 백골만 뒹굴어 다니다가 나중에는 그 백골마저 썩고 삭아 없어져서 흔적조차 찾을 길이 없게 될 것입니다."
 "…… 그, 그렇겠습지요."

"그런데도 어리석은 중생들은 천 년 만 년이라도 살 것처럼, 좋아하고 싫어하고, 사랑하고 미워하고, 욕심내고 빼앗고, 심지어는 귀한 목숨을 죽이기까지 하고 있습니다. 자기 자신도 머지 아니해서 송장이 되고 백골이 되고 흔적조차 없이 사라질 운명이면서 말씀입니다요."

"…… 듣고 보니 과연 그런 것 같습니다, 스님."

"댁에 돌아가시거든 조용한 곳에 홀로 앉아 백골관을 닦으십시오. 그리하면 마음이 언제나 편안해질 것입니다."

선종랑은 스님의 법문에 큰 충격을 받았다.

집으로 돌아온 선종랑은 자기 집안 소유의 산 속에다 외따로 집을 지었다.

그곳을 원녕사라 이름지은 선종랑은 그 안에 홀로 들어 앉아 백골관을 닦아나가기 시작하였다.

백골관이라고 하는 수행은, 이 귀중한 육신마저도 지수화풍이 잠시 모여 이루어진 것이니 머지 않아 숨이 끊어지면 다시 지수화풍으로 흩어져 돌아가고 사라지게 되는 것.

그러므로 앙상한 백골만을 늘 염두에 두고 수행하여 제법무아, 제행무상을 깨닫게 하는 수행방법이라 하겠다.

'똑똑히 보아라! 제 아무리 절세미인도, 제 아무리 천하장사도,

제 아무리 큰 나라의 제왕도, 제 아무리 재물이 많은 부호도 결국은 다 저렇게 백골이 되어 종국에는 백골마저 부서지고 삭아서 없어지게 되느니라.

그래도 너는 다른 목숨을 해치고 죽이겠느냐?

그래도 너는 거짓말로 남을 속이고 재물을 훔치겠느냐?

그래도 너는 남을 미워하고 원한을 품고 복수를 하겠느냐?

그래도 너는 눈 앞의 이익을 취하려고 치사하고 더러운 짓을 감히 하겠느냐?

사람의 한평생은 참으로 잠깐이다. 좋은 일, 착한 일만 하기에도 모자라거늘, 하물며 어찌 감히 나쁜 짓, 악한짓, 치사하고 더러운 일에 잠시인들 정신을 빼앗길 것인가!

저 백골을 똑똑히 보아라!

저 백골을 똑똑히 보아라!'

선종랑은 스님이 일러주신대로 백골관을 닦아가면서 참으로 새로운 세계에 눈을 크게 뜨게 되었으니 기쁘기가 한량이 없었다.

선종랑은 돌아가신 어머님 계신 곳을 향해 털썩 무릎을 꿇고 앉아 마치 어머께 말씀 올리듯 큰 소리로 말하는 것이었다.

"어머님, 이 불효자식이 이제야 제 갈 길을 찾게 되었습니다. 무슨 까닭으로 부모형제를 버리고 처자식마저 버리고 삭발 출가하여 스님이 되는가 이제껏 저는 짐작조차 하지 못했었습니다. 그러나, 이 불효자식이 오늘에야 대장부가 가야 할 길이 불도에 있음을 알게 되었습니다. 어머님! 어머님께서는 이 불효자식에게 마지막 당부를 해주셨지요? 부처님께 저를 바치겠다는 약조를 지키지 못한 죄가 두고두고 마음에 걸리신다고 하셨지요? 하지만 어머님, 이제는 그 죄를 마음에 담지 마십시오. 제가 그 죄를 갚아 드리겠습니다. 이 불효자식, 이제라도 삭발출가하여 부처님 제자가 되어 대장부가 가야 할 무상대로를 걸어 가겠습니다. 아버님, 그리고 어머님! 기뻐하십시오."

2
세상 벼슬은 하지 않을 것이네

　아버님의 별세에 이어 어머님마저 세상을 떠나시자 인생무상을 절감한 선종랑은 스스로 머리를 자르고 불문에 귀의하게 되었다.
　소스라치게 놀란 것은 다름아닌 그의 부인이었다.
　머리를 박박 깎고 들어오는 선종랑을 본 부인은 너무 놀라서 들고 있던 그릇을 바닥에 떨어뜨렸다.
　"아이구머니나, 세상에! 이게 대체 어찌된 까닭이시옵니까? 머리를 자르시다니요?"
　"너무 놀라지 마시오, 부인! 나는 이제 불문에 귀의해서 승려가 되려고 머리를 잘랐소이다."
　"예에? 아니, 세상에…… 승려가 되시겠다니요?"
　"절간에 들어가 불도를 닦는 승려가 되겠단 말이니 그리 아시오."

"아, 아니 되시옵니다. 아니 되시옵니다. 당신께서 승려가 되시면 저와 자식들은 대체 어찌 살란 말씀이십니까?"

"사람은 누구나 한 번 만났으면 헤어지는 것이 정해진 이치이니, 부인도 나이가 이미 마흔이 넘었고 자식들도 다 장성했거늘 무엇이 그리 걱정이란 말이오?"

그러나 선종랑이 아무리 이렇게 달래도 부인은 막무가내였다.

"아니 되시옵니다. 아니 되시옵니다. 당신께서 늙고 병들어 돌아가신다 해도 천지가 아득하고 절통한 일이온데, 어찌 살아계시면서 집안을 버리신다고 하시옵니까?"

"이것 보시오, 부인! 우리 아버님께서는 소판의 벼슬을 지내신 분이었소. 그 덕분에 저 많은 전답과 저 많은 노비와, 저 많은 가축을 두셨소. 내 그 재산들, 노비들을 고스란히 두고 갈 것이니 자식들과 살아가는 데는 아무런 불편이 없을 것이오!"

선종랑의 부인은 마침내 울음을 터뜨리고 말았다.

"아니 되시옵니다…… 아니 되시옵니다…… 승려가 되시면 아니 되시옵니다……."

그러나 이미 부모의 죽음을 보고 인생무상을 절감한 선종랑의 결심은 흔들리지 아니 하였다.

"이것 보시오, 부인! 그동안 나는 역사, 지리, 천문, 불경등 학문을 공부하느라 참으로 촌시도 쉰 적이 없었소. 그렇게 부지런히

학문을 닦아 장차 벼슬을 할 작정이었지요."

부인은 울먹이며 선종랑의 얼굴을 쳐다보았다.

"이제 머지 아니해서 당신께 벼슬이 내려질 것입니다. 그런데……."

그러나 선종랑은 딱 잘라서 말하는 것이었다.

"나는 이제는 벼슬같은 것은 바라지도 않소. 부인도 보시지 않았소이까? 우리 아버님께서는 대왕마마 밑으로 세 번째 서열의 벼슬인 소판까지 지내신 분이셨소. 허나 눈 한 번 감고 나시니 허망할 뿐이었소. 벼슬도 재물도 아내도 자식까지도 고스란히 남겨둔 채, 대체 우리 아버님께서 가지고 가신 게 무엇이더란 말이시오?"

"하오나, 아버님께서는 많은 재산과 노비를 남기셨사옵니다."

"나도 재산과 노비는 그대로 남겨 두고 갈 것이오. 대장부 가는 길에는 재산도 노비도 다 부질 없는 것……. 그래서 부처님께서는 왕의 자리도 버리셨고, 아내와 자식도 버리셨던 것이오."

선종랑의 태도에 부인은 조금은 누그러진 목소리로 말했다.

"하오면 당신께서는 정녕 저 산속으로 들어가시겠다는 말씀이시옵니까?"

"산비탈에 절 한 칸을 지었으니, 거기서 계속 불도를 닦을 것이오!"

선종랑은 이렇게 자기 집안 소유의 산비탈에 절 한 칸을 지어 그 이름을 원녕사라 하고, 그 안에 들어앉아 백골관을 닦고 있었다.

그러던 어느날이었다.

그 날도 선종랑은 땅 위에 뒹구는 백골만을 일념으로 관하면서 제법무아, 제행무상을 떠올리고 있었다.

그런데 꿈인지 생시인지 아련하게 멀리서 부처님의 목소리가 들려오는 것이었다.

"선종랑은 듣거라! 지금도 네 눈 앞에 백골이 보이느냐?"

"예, 부처님이시여! 백골이 보입니다."

"허면, 눈에 보이는 그 백골은 과연 누구의 백골이던고?"

"…… 그, 그건 잘 모르겠사옵니다."

"네가 관하는 그 백골은 바로 네 아버지의 백골이요, 바로 네 어머니의 백골이며, 나아가서는 바로 너 선종랑의 백골이요, 네 아내의 백골이며, 또한 네 자식들의 백골이요, 일가친척, 이웃 사람 모두의 백골이니라. 다시 말하면, 지금 이 세상에 살고 있는 모든 사람들이 저마다 잘났다고 으시대고 뽐내며 웃고 울고, 떠들고 싸우고 별 짓을 다 하지마는, 오래지 아니해서 종국에는 저 땅 위에 뒹굴어 다니는 바로 저 백골처럼 저렇게 되고 말 것이니, 너는 백골을 관하되, 백골이 웃고, 백골이 울고, 백골이 화내고, 백골이 기뻐

하고, 백골이 다투고, 백골이 빼앗고 죽이는 허망한 세상을 바로 보아야 할 것이다!"

"알겠나이다, 부처님이시여! 그래서 소생, 처와 자식을 떠났나이다."

"장하다, 선종랑이여! 일찍이 내가 일렀거니와 처성자옥이라 했으니, 너는 그 뜻을 짐작하겠는가?"

"잘…… 모르겠사옵니다."

"처성자옥이라 함은 아내는 사내를 가두는 성과 같고, 자식은 사내에게 지옥과 같다 함이니 아내의 좁은 소견과 아내의 어리석은 욕심과 아내의 허영에 휘말리면 그것은 문없는 성에 갇힌 것과 같고, 게으른 자식, 버릇없는 자식, 어리석은 자식, 포악한 자식은 지옥과 같다는 말이니, 이러한 아내와 자식 때문에 신세를 망치는 사내가 부지기수였거니와 세상 남자들은 마땅히 아내와 자식을 잘 단속하고 잘 가르쳐야 하려니와 문없는 성, 문없는 지옥에서 떠났다면 그보다 더 장한 일이 어디 있을 것인가!"

우리나라의 옛 문헌 삼국유사와 중국의 옛 문헌 당고승전의 기록에 의할 것 같으면 선종랑은 스승을 정하지 아니한 채, 스스로 승려가 되었다고 쓰여 있다.

스스로 절을 지어 원녕사라 이름 짓고, 법명도 자장이라고 스스로 지은 것이 아닌가 추측되고 있다.

 이렇게 지금까지 써오던 선종랑이라는 속명을 미련없이 버리고 느닷없이 머리를 깎고 출가하여, 산비탈에 절을 짓고 홀로 들어앉아 불도를 닦기 시작한 지 어느덧 수 개월이 지났을 때였다.

 그래도 한 달 후면 돌아오시겠지, 설마한들 석 달 후면 돌아오시겠지 하면서 기다리고 기다리던 부인은 다섯 달이 지나고 여섯 달이 지나도 스님이 된 남편이 돌아오지를 않자 더 이상 기다리고만 있을 수가 없었다.

 기다리다 못한 부인은 남편이 불도를 닦고 있는 원녕사로 찾아왔다.

 "여, 여보! 당신을 뵈오려고 제가 왔사옵니다."

 아무 대답이 없이 눈을 감고 앉아 있던 자장스님이 한참 후에야 겨우 입을 떼었다.

 "나는 이미 속가를 버렸으니, 여보라는 말도 당신이라는 말도 합당하지 아니하오이다."

 그말에 부인의 눈에는 벌써부터 눈물이 그렁그렁 맺혔다.

 "하오면 대체 어찌 부르란 말씀이시옵니까?"

 "출가 수행자를 스님이라 부르셨을 것이니, 마땅히 나에게도 그렇게 불러야 옳을 것이오."

 "알겠사옵니다. 앞으로는 스님이라 불러 모시도록 하지요. 하온

데, 스님…….

"말씀 하시오."

"아무리 말로는 출가하셨다 하지만, 지아비와 지어미 사이가 분명하거늘 세상에 어찌 들어오란 말씀 한 마디도 없으시옵니까?"

그러나 자장스님의 태도는 여전히 냉랭하였다.

"출가 수행자가 부녀자와 한 방에 앉는 것은 법도에 어긋나는 일이니, 내 어찌 감히 부처님의 법을 어겨 가면서 세속의 인연에 끌리리오."

부인은 자장스님의 얼굴을 아무말 없이 쳐다보고는 조용히 한숨을 내쉬었다.

"하오면 한 가지만 여쭙겠사옵니다."

"말씀 하시오."

"대체 스, 스님께서는 그러고 앉으셔서 무엇을 공부하고 계신단 말씀이시옵니까?"

"거기 서신 채로 내가 묻는 말에 대답해 보시오."

"…… 그러지요."

"사람이 천 년 만 년 살 수 있겠소이까, 없겠소이까?"

"그야…… 백 년도 못 살겠습지요."

"허면 사람이 죽은 뒤에는 어찌 되겠소이까?"

"…… 그야…… 나 같은 아녀자가 어찌 알겠습니까요?"

"살은 썩어 물로 돌아가고 흙으로 돌아가고, 백골만이 땅 위에 굴러다닐 것이오."

"…… 무슨…… 말씀이신지……원……."

"자세히 보시오. 여기 앉아 있는 이 '나'라는 사람, 이건 사람이 앉아 있는 것이 아니라 백골이 앉아 있는 것이오."

백골이라는 자장스님의 말에 부인은 기겁을 하는 것이었다.

"……예에? 백골…… 이라니요?"

"행여라도 나를 살아 있다고 생각하지 마시란 말입니다. 행여라도 집으로 돌아올 것이라 생각치 마시란 말입니다. 그리고 두 번 다시 나를 찾지도 마시란 말입니다."

자장은 속가와의 인연을 이토록 야멸차게 잘라 버렸다. 그리고는 계속해서 백골관을 닦아 나갔다.

이때에 자장은 피로와 졸음이 수행하는 데 방해가 되자, 비좁은 방 안에 가시덩굴을 잘라다 가득 채우고 맨몸으로 그 안에 들어앉아 조금만 몸이 기울어져도 가시에 찔리도록 했다.

그리고 풀을 베어다가 새끼줄을 꼬아 머리를 묶어 대들보에 매달아놓고 꾸벅꾸벅 조는 것을 스스로 막았다. 말하자면 용맹정진을 결행했던 것이다.

그런데 자장이 이렇게 홀로 용맹정진을 하고 있던 어느 날이었다.

밖에서 말 울음 소리가 나더니, 잠시후 말에서 내린 사람이 소리를 지르며 선종랑을 찾는 것이었다.

"어명을 받들고 왔으니 선종랑은 어서 나와 어명을 받으시오!"

그러나, 자장은 대답조차 하지 않았다. 그러자 칙사는 다시 큰 소리로 말했다.

"선종랑이 여기 있다는 것을 다 알고 왔으니, 선종랑은 어서 나와 어명을 받으시오!"

자장은 이 귀찮은 불청객을 어서 돌려 보내야겠다는 생각에 하는 수 없이 대답을 하였다.

"대체 누구시기에 함부로 어명을 들먹인단 말씀이오?"

"오, 선종랑께서 과연 이곳에 계셨소이다, 그려……"

"대체 누구시기에 나를 알아보신단 말이시오?"

"예. 소관은 어명을 받자옵고 선종랑 어르신네를 모시러 왔사옵니다."

"무슨 까닭으로 나를 잡아오라 했단 말이시오?"

칙사는 말도 안된다는듯이 황급히 말했다.

"아이구, 아니옵니다요, 선종랑 어르신네. 선덕여왕폐하께옵서 선종랑 어른에게 벼슬을 내리시려고 어서 모시라 하셨사옵니다요."

"여왕폐하께서 나에게 벼슬을 내리신다?"

"그렇사옵니다. 소관이 모시고 갈 것이오니, 어서 의복을 갖추십시오."

　자장은 잠시 뜸을 들인 후, 조용히 칙사를 불렀다.

　"이것 보시오."

　"예."

　"무슨 벼슬인지는 내가 알 바가 아니로되 난 벼슬같은 것은 하기 싫으니 어서 돌아나 가시오."

　"예에? 아이구, 이……이건 어명이시옵니다요."

　"여왕폐하께 가서 아뢰시오. 소판 벼슬을 지낸 김무림의 아들 김선종랑은 이미 죽어 이 세상에 없더라고 말이오!"

　"예에?"

　칙사는 입을 벌린채 말을 잇지 못했다.

　자장스님을 만난 칙사가 왕궁으로 돌아가 이 사실을 그대로 알리니 문무백관은 물론이요, 선덕여왕 또한 크게 놀라는 것이었다.

　"다시 한 번 자세히 이르도록 하시오. 선종랑이 과연 벼슬을 마다 하더란 말이시오?"

　"예. 아뢰옵기 황송하오나 소판 벼슬을 지낸 김무림의 아들 김선종랑이는 이미 죽어 세상에 없더라고 아뢰라 하였사옵니다."

　"번연히 살아 있으면서 이미 죽었다는 소리는 이 무슨 해괴한 말이던고?"

"아뢰옵기 황송하오나, 선종랑은 이미 세속과의 인연을 끊었으니 세속 사람 선종랑은 이미 죽은 것이나 다름이 없고, 출가 승려로 다시 태어났다는 뜻인줄로 아옵니다."

"문무백관들은 다 들으시오."

"예—."

"오늘날 우리 신라의 운명은 실로 풍전등화이니 북쪽에서는 고구려가 괴롭히고, 서쪽에서는 백제가 괴롭히고, 동쪽에서는 왜구들까지 틈을 엿보고 있소. 우리 왕실 성골 진골 가운데 선종랑만한 인물을 찾기 어려우니 다시 한 번 칙명을 전해 지체없이 왕궁으로 들라 이르시오!"

"예—."

"아마도 선종랑은 우리 조정에서 하찮은 벼슬을 내리는 줄로 잘못 알고 사양한 것 같으니 바로 이르시오. 신라 왕실은 선종랑으로 하여금 재상을 삼도록 할 것이오."

재상 벼슬이라면 천하가 다 부러워하는 최고의 벼슬이 아닌가!

칙사는 다시 선덕여왕의 엄명을 받고 부랴부랴 자장스님이 불도를 닦고 있던 원녕사로 달려갔다.

"선종랑께서는 어서 납시어 여왕폐하의 어명을 받도록 하십시오."

그러나 자장은 눈도 깜짝이지 않고 조용한 목소리로 말하는 것이었다.

"선종랑은 이미 죽어 이 세상에 없다고 했거늘 어찌 절간에 와서 죽은 사람을 다시 찾는단 말이오?"

칙사는 자장스님에게 간청을 하였다.

"제발 어명을 받도록 하십시오."

"장부일언은 중천금이요, 일구이언은 이부지자라 했거늘, 감히 어찌 출가 대장부가 한 입으로 두 말을 할 것인가!"

"아니 되시옵니다. 어명을 물리치시면 아니 되시옵니다."

"벼슬에도 뜻이 없고 부귀영화에도 생각이 없으니 어서 돌아가시게!"

"아니 되시옵니다. 여왕폐하께옵서는 선종랑께 재상 자리를 맡길 것이니 어서 들라 하셨사옵니다."

"재상 벼슬을 선종랑에게 내리시겠다구?"

"그렇사옵니다. 어서 납시어 왕궁으로 가셔야 하옵니다."

"허허허허…… 선종랑이 살아 있었더라면 무척 기뻐했을 일이로구먼, 그래. 음…… 허허허허……."

자장스님이 자꾸만 딴청을 부리자 칙사는 애가 닳았다.

"선종랑께서는 어찌 이리 엉뚱한 말씀을 농하시옵니까요?"

"이 사람, 선종랑은 이미 죽어서 이 세상에 없다고 내 그러지 않았는가?"

"돌아가시기는 어찌 돌아가셨다고 이러십니까요? 두 눈 번연히 뜨고 살아 계시면서 말씀입니다요."

"나는 이미 선종랑이 아닐세. 나는 이제 부처님 제자 자장이란 말이지."

"이것 보십시오, 선종랑 어르신네. 재상 자리라고 하면 천하가 다 부러워 하는 높은 벼슬이옵니다요. 세상에 그런 높은 벼슬을 내리신다고 하여도 싫다 하시다니, 혹시, 혹시 말씀이옵니다마는 어르신네께서는 실성이라도 하신 게 아니시옵니까?"

"허허허허…… 그래, 그대 말씀대로 실성했는지도 모르겠네. 음…… 허허허허……."

칙사는 애가 타서 다시 한 번 자장 스님에게 간청하는 것이었다.

"이것 보십시오 어르신네, 어서 의복을 갖추시고 나오십시오. 소관이 왕궁으로 모실 것이옵니다."

"이것 보시게."

"예. 분부 내리십시오."

"석가모니 부처님께서는 왕의 자리도 버리고 출가하셨거늘, 출가 대장부가 감히 어찌 재상 벼슬, 태보 벼슬에 뜻을 굽힐 수 있단 말이신가!"

"하오나 이것은 신하된 사람의 도리가 아니옵니다."

"그만 돌아 가시게. 나는 결코 세상 벼슬은 하지 아니 할 것이야!"

　선덕여왕이 재상벼슬을 내린다 해도 자장스님의 뜻은 요지부동이었으니 말씨름에 지친 칙사는 하는 수 없이 왕궁으로 돌아가 이 사실을 그대로 아뢰었다.
　"무엇이라구요? 재상 벼슬도 싫다더란 말이시오?"
　"…… 그, 그렇사옵니다, 마마!"
　선덕여왕은 잠시 생각을 하더니, 신하들에게 명을 내렸다.
　"문무백관들은 다 들으시오! 선종랑이 감히 왕명을 두 번이나 어기다니 이는 우리 왕실을 얕잡아 보고 여왕인 나를 능멸함이니, 용서치 못할 일! 만일 선종랑이 실성을 했다면 옥에 가둘 것이요, 실성하지 아니 한 채 왕명을 거역한다면 마땅히 목을 베도록 하시오!"
　"예―."
　"이제라도 왕명을 받들어 재상 벼슬을 맡겠다 하면 살릴 일이지만, 이번에도 또 거역하면 목을 벨 것이라고 단단히 이르도록 하시오!"
　"예―. 분부대로 거행할 것이옵니다."
　선덕여왕의 마지막 어명을 받은 칙사가 군졸들을 데리고 세 번째로 원녕사를 찾아 왔는데, 자장스님은 여전히 백골관 수행을 계속하고 있었다.

자장스님이 밖에서 가부좌를 하고 백골관 수행을 하고 있는데, 말 울음 소리가 나더니 잠시 후 칙사의 목소리가 들렸다.

"선종랑은 마땅히 어명을 들으시오. 이 어명은 세번 째 어명이시자 마지막 어명인 줄로 아뢰오."

선종랑은 여전히 가부좌를 한 채로 뒤도 돌아보지 않고 말했다.

"듣고 있으니 어서 전하기나 하시게."

"여왕마마께서 명하시기를 선종랑이 실성을 하였다면 마땅히 하옥시켜야 옳다 하셨으니, 대체 선종랑께서는 어찌 하시려는지요?"

자장은 아무런 말이 없었다.

"실성을 했음이 분명하면 하옥시키라 하셨음이던가?"

"그렇사옵니다."

"내가 실성을 했는지, 아니면 제 정신인지는 그대들이 알아서 판단하면 될 일이거니와, 만일 내가 실성치 아니 했다면 어찌하라 이르셨음이던고?"

칙사는 잠시 선종랑을 쳐다보며 머뭇거리는 것이었다.

"예. 이번 마지막 어명을 받들어 재상 자리를 맡으면 모르려니와 이번에도 또 어명을 거역하면…… 목을 벨 것이라고 하셨사옵니다."

"내 목을 자르라 하셨다……?"

"그렇사옵니다. 하오니 이번에는 부디 왕명을 거역치 마시고 어서 납시어 왕궁으로 가심이 좋을 것이옵니다."

"그래서 이번에도 또 왕명을 거역하면 나를 붙잡아 가려고 군졸들까지 거느리고 왔더라 그런 말이렷다?"

칙사는 우물쭈물 대답을 바로 하지 못하는 것이었다.

"…… 왕명을 받들어 따랐을 뿐이옵니다."

"잘 알았네. 내 잠시 안에 들어갔다 나올 것이니 기다려 주시게."

스님이 안에 들어갔다 나온다고 하자, 칙사의 얼굴이 밝아졌다.

"아, 예. 그렇게 하십시오. 의관을 차리시고 나오시는 동안 소관은 밖에서 대령하고 있겠사옵니다."

자장스님은 가부좌를 풀고 안으로 들어간 뒤, 한참만에야 밖으로 나왔다. 그런데 칙사의 기대와는 달리 의관을 갈아 입지 아니하고 그대로 나오는 것이었다.

"아 아니, 어찌 의관을 차리고 나오시지 아니 하십니까요?"

자장스님은 아무런 말없이 품 속에서 편지를 꺼내어 칙사에게 전하는 것이었다.

"자, 이걸 받으시게."

"이, 이것은 무엇이온지요?"

"보시다시피 여왕폐하께 올리는 나의 답신이니 정중히 잘 전해 올리도록 하시게."

"하, 하오면 이번에는 왕명을 받드시는 것이옵니까요, 아니면 또 거역하시는 것이옵니까?"

"여왕폐하께서 이 글을 보시고 나면 반드시 어찌 하라 하명이 있으실 것이니, 그대나 나나 그 명에 따르면 될 것이야."

세 번째 원녕사를 다녀온 칙사가 자장스님이 써올린 글을 선덕여왕께 바쳐 올리니, 선덕여왕은 그 글을 펼쳐 보게 되었다.

"'오녕 일일지계이사요, 불원 백년파계이생'이오니, 소인 차라리 부처님 계율을 지키며 하루를 살다 죽을지언정, 계율을 어기고 백년동안 살기를 원치 않사오니 차라리 소인의 목을 베어 주시옵소서."

이 글월을 본 선덕여왕은 한동안 아무 말도 하지 않았다. 죽기를 무릅쓰고 불도만을 닦겠다는 자장스님의 결연한 뜻 앞에서 선덕여왕도 숙연해졌던 것이다.

"아, 참으로 반석같은 불심이요, 태산같은 마음이니 이토록 가없는 불심을 어찌 내가 꺾을 수 있단 말이겠소? 여러 문무백관들은 들으시오!"

"예—."

"내 일찍이 원광법사님의 가르침을 받아 불도를 숭상하고 스님들을 공경했거니와 이런 지극한 불심을 다시 만나기는 처음 있는 일이오. 내 오늘로서 선종랑의 출가를 허락하고 도첩을 내릴 것이니 이후로는 아무 걱정 마시고 일구월심 불도를 닦아 국운융창하고 국태민안하도록 빌어달라 전하시오."

"성은이 망극하옵니다."

이렇게 해서 자장스님은 비로소 나라가 인정하는 승려의 신분을 얻게 되었으니 이로부터 승려 자장의 눈부신 중생제도 활동이 본격적으로 시작되게 되었다.

3
죽음도 불사한 불심

　이렇게 자장스님이 선덕여왕으로부터 어렵사리 출가 허락을 받고 산속에서 수행하고 있던 어느날 밤의 일이었다.
　자장스님이 가부좌를 하고 수행에 정진하고 있는데, 꿈인지 생시인지 어떤 노인의 목소리가 멀리서 들려오는 것이었다.
　"자장은 듣거라! 이제 그대는 나라에서 허락을 받은 승려가 되었거늘 마땅히 다섯 가지 계를 받들어 지켜야 할 것이니라."
　"예—."
　"첫째는 생명을 죽이지 말아야 할 것이니, 이것을 지키겠느냐?"
　"예, 받들어 지킬 것이옵니다."
　"둘째는 남의 재물을 훔치지 말아야 할 것이니, 이것을 지키겠는가?"
　"예, 받들어 지킬 것이옵니다."

"셋째는 음행을 금해야 할 것이니, 이것을 지키겠는가?"

"예, 받들어 지킬 것이옵니다."

"넷째는 거짓말을 하지 말아야 할 것이니, 과연 이것을 지키겠는가?"

"예, 반드시 받들어 지킬 것이옵니다."

"다섯 째는 술을 마시지 말아야 할 것이니, 그대는 이것을 받들어 지키겠는가?"

"예, 평생토록 반드시 받들어 지킬 것이옵니다."

"기특하도다. 그대 자장이여! 그대는 이제 오계를 수지하였으니 산 아래로 내려가서 고해중생을 제도하도록 하라!"

자장은 한밤중에 홀로 산 속에서 정좌하여 도를 닦다가 비몽사몽간에 다섯 가지 계를 전해 받았으니, 이때 홀연히 두 눈이 밝아짐을 느꼈다.

자장은 이때부터 부처님의 가르침을 기록해 놓은 경전을 다시 열심히 배워나가기 시작했다. 백골관 한 가지 수행만으로는 중생을 제도하기에 부족하다고 느꼈기 때문이었다.

"사람의 몸을 빌어 이 세상에 태어나 어찌하여 어떤 사람은 착한 일을 하고, 또 어찌하여 어떤 사람은 악한 일을 하는가?"

자장스님이 이렇게 자문하여 수행하고 있을 때였다. 갑자기 어

디선가 부처님의 목소리가 들려오는 것이 아닌가!

"자장은 듣거라! 세상 사람들은 열 가지 일로써 착한 일을 이루기도 하고, 악한 짓을 행하기도 하나니, 대체 그 열 가지 일이란 무엇무엇이던고?"

"…… 아직 자세히 모르겠사옵니다, 부처님이시여!"

"열 가지 일이란 몸으로 짓는 일이 세 가지요, 입으로 짓는 일이 네 가지요, 생각으로 짓는 일이 세 가지이니, 몸과 입과 생각으로 열 가지 일이 일어나느니라."

"하오면 대체 어떤 일들이 일어나는 것이옵니까?"

자장스님은 온 정신을 쏟아서 부처님의 음성을 들었다.

"살아있는 목숨을 죽이는 일, 남의 물건을 도적질하는 일, 음란한 짓을 하는 일, 이 세 가지가 바로 몸으로 짓는 일이니라."

"하오면 입으로 짓는 네 가지 일이란 대체 어떤 것이옵니까?"

"사람과 사람 사이에 이간질하는 말, 남에게 저주를 퍼붓는 악담, 그리고 남을 속이는 거짓말, 거기에 또 말을 꾸미고 아첨하고 모함하는 말, 이것이 모두 입으로 짓는 네 가지이니라."

"생각으로 짓는 세 가지 일도 알고 싶사옵니다."

"욕심과 성냄과 어리석음이 생각으로 짓는 세 가지 일이니, 이 열 가지 일을 가리켜 열 가지 악행이라 하는 것이니라."

"하오면 열 가지 선행은 어떤 것이온지요?"

"살아있는 생명을 죽이지 아니하고 살려줄 것이요, 남의 물건을 훔치지 아니하고 내 물건을 나누어 줄 것이요, 음란한 짓을 금할 것이요, 좋은 말로 사람 사이를 부드럽게 할 것이며, 남에게 악담을 하지 말고 덕담을 할 것이며, 아첨하고 모함하지 말고 바른대로 말할 것이며, 말로써 남을 속이지 말 것이며, 욕심을 버리고 성내지 아니하며, 지혜를 깨달아 지니면 이를 일러 열 가지 선행을 행한다 할 것이니라."

자장은 산 속에 홀로 앉아 부처님의 가르침을 한 구절 한 구절 마음 속에 깊이 새기는 데 열중하고 있었다.

그렇게 몇 년이 지난 어느 날이었다. 칙사가 다시 자장스님을 찾아왔다.

"자장스님께 소관, 문안드리옵니다."

"어서 오시게. 오늘은 또 어인 일이시던가?"

"예. 여왕폐하께옵서 자장스님을 만나보고 싶다고 하옵기에 모시러 왔사옵니다."

"여왕폐하께서는 이미 소승의 출가를 허락하셨거늘 이제 와서 어인 일로 또 나를 보자 하시온단 말이시던가?"

"나라 일이 안팎으로 어지럽거늘 심사가 울적하시어 뵙고자 하온줄로 아옵니다."

"나는 이미 세속을 떠나 산속에 머물며 부처님의 법에 빠져 있는 몸인데, 내가 왕궁으로 들어가 여왕폐하를 알현한다 한들 무슨 소용이 있을 것인가!"

자장이 왕궁에 가는 것을 꺼려하는 듯 하자, 칙사가 말했다.

"하오나, 스님께서 왕궁에 들지 못하시겠다 하시면 여왕폐하께서 이 산속에 친히 납시올 것이라 하셨사옵니다."

자장은 칙사에게 다시 물었다.

"여왕폐하께서 이 산 속으로 오시겠다 하셨단 말이신가?"

"그러하옵니다."

"내 이미 나라의 은덕을 크게 입었고, 여왕폐하의 은혜로 목숨을 부지했거늘 이 험한 산속까지 여왕폐하를 오시게 할 수야 없는 일이야. 그러니 이번에는 내가 왕궁으로 들어가도록 하겠네."

"고맙습니다, 스님. 참으로 고맙습니다."

자장스님은 하는 수 없이 왕궁으로 들어가 마침내 선덕여왕을 만나뵙게 되었다.

선덕여왕은 아주 극진하게 자장스님을 맞이하였다.

"이렇게 와주셨으니, 정말 고마운 일이시오!"

"성은이 망극하옵니다."

"스님에게 한 가지 청이 있어서 내 이렇게 오시게 했습니다."

"예, 분부 내리시지요."

"스님도 잘 아시겠지만, 지금 우리 신라는 편안치가 못합니다."
자장스님은 걱정스러운 표정으로 여왕을 바라보았다.
"…… 소승도 그 점이 걱정이옵니다."
선덕여왕은 조심스럽게 말문을 이었다.
"그래서 말이오마는…… 스님께서는 지금이라도 늦지 아니 했으니, 오늘로 승복을 벗어버리시고 이 나라의 재상 자리를 맡아주실 수는 없으시겠습니까?"
"예에? 소승더러 재상 자리를 맡으라구요?"
선덕여왕으로부터 느닷없는 청을 받게 된 자장스님은 한동안 말을 잇지 못했다. 기다리다 못한 선덕여왕이 독촉하였다.
"스님은 어찌 이리 대답이 없으십니까?"
자장스님이 어렵게 입을 열었다.
"말씀 올리기 죄송하오나, 소승 이미 수년 전에 폐하께 글월을 올린 바 있사옵니다."
"그건 알고 있지요. 부처님의 계율을 지키며 단 하루를 살지언정, 부처님의 계율을 어기며 백 년을 살기를 원치 아니하니 차라리 목을 베어달라?"
"그렇사옵니다."
"허면, 스님은 아직도 그 생각에 조금도 흔들림이 없으시단 말씀이십니까?"

"그러하옵니다."

자장스님은 조금도 뜻을 굽히지 않을 자세였다.

선덕여왕이 다시 자장스님을 설득하기 시작하였다.

"지금 우리 조정에는 걸출한 인물이 별로 없어 걱정입니다. 북으로는 고구려, 서로는 백제, 멀리는 당나라와 왜구, 사방팔방에 손을 뻗쳐야 할 형국입니다. 그런데도 조정에는 마땅한 인물이 없으니 그래서 드리는 간청입니다. 제발 승려 노릇은 이제 그만 두시고 나라 일을 맡아 주심이 어떠시겠소?"

그러나 자장스님은 조금도 주저하지 않고 말했다.

"말씀드리기 황송하오나 소승 더욱 열심히 불도를 닦아 폐하의 은혜에 보답코자 하오니 용서하여 주십시오."

선덕여왕의 얼굴이 굳어졌다.

"내 간청을 거역하면 살아서 이 왕궁을 나가지 못할 것인데, 그래도 생각을 바꾸시지 않으시겠습니까?"

"출가 대장부, 어찌 뜻을 굽히고 구차하게 살기를 바라겠습니까? 마땅히 죽어서 나가야겠지요."

선덕여왕은 자장스님의 의연한 태도에 할 말을 잃고 말았다.

"오! 참으로 무서운 불심이십니다. 어찌하여 이 조정에는 스님같으신 이렇게도 결심이 강한 문무백관이 단 한 사람도 없단 말입니까?"

"아니시옵니다. 잘 찾아 보시오면 반드시 훌륭한 인재가 있을 것이옵니다."

선덕여왕은 힘없이 고개를 저었다.

"없습니다, 없어요. 스님같이 이토록 초지일관 죽기를 각오하고 나라 일을 맡아주는 사람이 없단 말입니다."

"아니시옵니다, 머지 아니해서 반드시 걸출한 인물이 눈에 뜨이실 것이오니 폐하께옵서는 부디 자비로움으로 신하를 대해 주십시오."

"고맙습니다. 더 이상 스님을 괴롭히지 아니 할 것이니 부디 불도나 잘 닦으십시오."

"성은이 망극하옵니다."

지금이라도 승복을 벗어 버리고 재상 벼슬을 맡아 달라는 선덕여왕의 간청을 물리치고 왕궁을 물러나온 자장스님은 그 길로 마을을 돌아다니며, 오계를 설하기 시작했다.

바로 그것이 출가 승려로서 나라를 돕는 길이요, 백성을 구하는 길이라 여겼던 까닭이었다.

"여기 모이신 여러 대중들은 잘 들으시오! 사람마다 집집마다 재앙을 물리치고 근심걱정 아니하고, 백 가지 천 가지 복을 누리시려거든 반드시 지켜야 할 다섯 가지 계율이 있으니, 첫째는 산

목숨을 죽이지 말 것이요, 둘째는 남의 재물을 훔치지 말 것이며, 셋째는 삿된 음행을 금할 것이요, 넷째는 거짓말을 하지 말 것이며, 다섯째는 술을 마시지 말아야 할 것이오."

모여있던 사람들이 웅성거리는 가운데 한 젊은 남자가 말했다.

"이것 보시오, 스님요! 내, 한 가지 좀 물어 보입시더!"

"예, 말씀하시지요."

"스님의 말씀을 들어보니까요, 천 번 만 번 지당하신 말씀입니더! 아, 산 목숨 죽이문 그거 나쁜기라요! 성질 포악해지제, 인정사정 없제, 산 목숨 죽이는 거 그거 아주 나쁜기구요. 도적질 하지 말라, 삿된 음행 하지 말라, 거짓말 하지 말라, 그거 모두 지당하신 말씀이라예. 헌데 말씸입니더, 마지막에 말씀하신 거, 술 마시지 말라는 거 말씀입니더…… 우짠 까닭으로 그래 술도 마시지 못하게 하시는 것입니꺼?"

자장스님은 빙그레 웃으며 그 젊은이를 쳐다보았다.

"알겠소이다. 그러니까 댁께서는 그 술 마시는 재미가 수월찮은데 어쩐 까닭으로 마시지 못하게 하느냐, 그런 말씀이시지요?"

"아, 술 마시는 재미야 안 마셔본 사람이 어찌 알겠능교? 뼈 빠지게 일하고 목이 컬컬할 적에 한 잔 좌악 하는 재미, 이거 아주 사람 미치게 좋은 기라요."

젊은이의 말에 모여있던 사람들이 모두들 한바탕 웃었다.

"그러시겠지요. 목이 말라 목이 탈 적에는 시원한 냉수만 마셔도 그 맛이 꿀맛이거늘 어찌 한 잔 술이야 맛이 없겠습니까?"

자장스님은 잠시 뜸을 들이시며, 주위에 모여있는 사람들을 빙 둘러 보았다.

"허나, 여러 어르신네들께서는 이걸 아셔야 합니다. 일찍이 부처님께서 이르시기를, 술 마시는 데는 여러 가지 허물이 뒤따른다 하셨으니, 그 첫째 허물은 술이란 마시면 마실수록 재산이 줄어들게 되고, 둘째는 술은 마시면 마실수록 몸에 병이 생기게 마련이고, 셋째는 술을 마시면 마실수록 다른 사람과 잘 다투게 되고, 나쁜 이름이 퍼지게 되며, 넷째는 술을 마시면 마실수록 성질을 잘 내고 분통이 자주 터지며, 다섯째는 술을 마시면 마실수록 머리가 둔해지고 멍청해져서 지혜가 날로 줄어들게 됩니다. 그렇지 아니한가요?"

자장스님의 말씀을 들은 사람들이 다시 웅성이기 시작하였다.

자장스님에게 질문을 한 젊은이도 한 마디 했다.

"햐ㅡ. 거 듣고보니 옳은 말씀이십니더! 술을 자꾸 퍼마셔가지고 재산 늘어날 일 없제, 좋은 소문 날 리 없제, 아이고 참말로 맞십니더, 맞아예."

자장스님의 얼굴에는 미소가 떠올랐다.

"그래서 부처님께서는 술을 마시지 말라고 당부하신 것이지요."

 자장스님 주위로 빙 둘러 모여있던 많은 사람들이 저마다 고개를 끄덕였다.

4
만나면 반드시 헤어지는 법

삼국유사의 기록에 의하면 이 무렵, 자장스님이 설법을 하고 돌아다니면 시골 마을에서나 도읍에서나 수많은 사람들이 다투어 와서 자장스님으로부터 오계 받기를 간청했다고 한다.

그러니 스님에 대한 대중들의 인기 또한 어떠했었는지 짐작할 수 있겠다.

하루는 자장스님이 어느 마을 앞을 지나가고 있었다.

멀리서 소 우는 소리가 들리는 아주 평화로워 보이는 마을이었다.

그런데 웬 남자가 숨을 가쁘게 몰아쉬면서 뛰어오는 것이었다.

"스님, 스님, 스니임—"

자장스님이 발걸음을 멈추고 뒤를 돌아보았다.

"소승을 부르셨소이까?"

"예. 스님께 한 가지 여쭤볼 말씀이 있어서요."

"무슨…… 일이시온지요? 어디 한 번 말씀해 보시지요."

"저, 스님 함자가……?"

"출가 수행자의 이름은 함자라고 부르지 아니하고, 법명이나 불명이라 부릅니다."

젊은 사내는 고개를 끄덕이고는 다시 물었다.

"아, 예. 하오시면 스님의 불명이 혹시 자자 장자, 자장스님이 아니시옵니까요?"

"예. 소승이 바로 자장이올시다만……."

자장스님임을 확인하자 젊은이는 반색을 하는 것이었다.

"아이구, 그러십니까요? 소인이 스님을 만나 뵈오려고 두 달 동안이나 이 길목을 지키고 있었습니다요."

자장스님은 그렇게 말하는 그 젊은이를 의아스럽게 쳐다보며 물었다.

"소승을 만나려고 두 달 동안이나 지키고 있었다니요?"

"도를 통하신 자장스님께서는 세상만사 무슨 일이든지 훤히 다 꿰뚫어 보신다고들 하기에, 그래서 지나가시기를 기다리고 있었습지요."

"그래, 나를 만나서 뭘 어찌 하시려구 말씀이십니까?"

그러자 갑자기 젊은이의 얼굴색이 어두워지는 것이었다.

"스님, 제발 우리 집안을 좀 살려 주십시오."

젊은이가 다짜고짜로 자기네 집안을 살려달라고 사정하자 자장 스님은 무슨 영문인지 알 수가 없었다.

"무슨…… 말씀이신지……?"

"소생의 집안은 이 마을 맨 꼭대기, 바로 저기 저 산 밑에 있사 온데요……."

"저기 저 산 밑에 외따로 떨어진 저 집 말씀이시군요?"

"예. 미류나무가 두 그루 서 있는 게 보이시지요?"

"예, 그런데요?"

"우리 집안이 바로 저 집에서 4대째 살아오고 있사온데요. 그런데 괴이하게도 나이 사십 세만 되면 식솔들이 시름시름 앓다가 차례차례 죽어버립니다요. 올해 제 나이가 서른 여덟입니다요. 그러니 겁이 나서 죽을 지경이옵니다요."

"아니, 그래서 소승더러 점이라도 봐 달라는 말씀이십니까?"

"아, 아니옵니다요. 점장이를 찾아가서 점도 쳐 보았구요, 무당을 불러다가 굿도 여러 차례 해 올렸습지요마는 아무 효험이 없었습니다."

"거 참 딱한 일이구료. 그럼 어디 집 구경이나 한 번 해보고 가도록 하지요."

자장스님은 이 딱한 사람의 말을 듣고는 차마 그냥 떨쳐 버리지

 못하고 그 사람의 집으로 따라 갔다.
 젊은이는 좋아서 서둘러 앞장 서 걸었다.
 자장스님이 집 앞의 미류나무를 보고는 탄성을 질렀다.
 "허 거 참, 곧게 뻗은 미류나무에 까치집 한 번 크게도 지어놓았소이다, 그려—."
 "아, 예. 저 까치들도 몇 대째 저기서 살고 있습지요."
 젊은이를 따라서 집안으로 들어선 자장스님이 말했다.
 "목이 말라서 그러니 우선 물이나 한 바가지 얻어 마셨으면 합니다만……"
 "아, 예. 집 뒤에 우물이 있으니 바로 떠 오도록 하겠습니다."
 잠시후, 그 집 주인 남자가 바가지에 물을 떠가지고 왔다.
 "자, 물 여기 있사옵니다요."
 "고맙소이다."
 그런데 바가지의 물을 한 모금 마신 자장스님은 얼굴을 잔뜩 찌푸리는 것이었다.
 "아이쿠, 이런!"
 집 주인은 놀라서 물었다.
 "아니, 왜…… 그러시옵니까?"
 "이 물에서 웬 쇳가루 냄새가 이리 독하게 납니까?"
 집 주인은 무슨 말인지 모르겠다는 표정이었다.

"쇠, 쇳가루 냄새라니요?"

자장스님은 바가지의 물을 다시 마셔보았다.

"아이쿠, 아니 그래 이 물을 여태껏 마시고 살았더란 말이시오?"

"그야 태어나면서부터 이 물만 먹고 살았습지요."

"허허, 이런! 어렸을 적부터 마시기 시작했으니 냄새도 물맛도 구별을 못하셨구먼 그래…… 쯧쯧쯧……."

집 주인이 영문을 몰라서 물었다.

"무슨…… 말씀이신지요, 스님?"

"이 물은 쇳가루가 녹은 물이라 사람이 오래 마시면 그 몸이 성치 못할 것이오. 아마도 이 물로 밥을 지으면 밥 색깔도 거무죽죽할 것인데요?"

"그야 늘 보리밥만 지어먹고 사는 형편이니 밥이야 늘 거무죽죽합지요만……."

"이거 보시오, 주인 양반!"

"예, 스님."

"이 집에 그냥 살더라도 물만은 저 아랫마을에 가서 길어다 마시도록 하시오."

집 주인은 도무지 영문을 모르겠다는 표정이었다.

"아니, 그러면 스님……?"

"쇳가루가 몸 속에 쌓이면 마흔까지도 살기가 어려울 것이외다.

"자, 그러면 난 이만 가봐야겠소이다."

말을 마친 자장스님은 성큼성큼 집 밖으로 걸어 나갔다.

"아이구 스님, 스니임······."

자장스님은 이렇게 이 마을 저 마을로 쉬임없이 돌아다니며, 계도 설하고 백성들의 근심 걱정도 덜어주면서 부처님의 말씀을 부지런히 전하고 다녔다.

그러더니 선덕여왕 5년되던 봄에는 자장스님 스스로 왕궁을 찾아가 선덕여왕 뵙기를 자청하는 것이었다.

"스님께서 스스로 왕궁을 찾아 오시다니 대체 이게 어쩐 일이십니까요?"

선덕여왕이 몹시 반가워하며 자장스님을 맞이했다.

"소승, 간청드릴 일이 있사와 찾아 뵈었으니 부디 윤허하여 주시옵소서."

"스님께서 그동안 가엾은 백성들을 위해 설법을 하고 돌아다니신다는 말은 잘 들어 알고 있습니다마는 간청할 일이란 무엇입니까?"

"소승, 당나라에 들어가 부처님 법을 널리 배우고자 하오니 윤허하여 주십시오."

"당나라에 들어가고 싶다구요?"

"그러하옵니다."

신라 제 27대 선덕여왕은 굉장히 영특했다고 전해진다. 우리의 옛 문헌 삼국사기 상권에는 선덕여왕의 지혜로움을 전하는 이야기가 여럿 기록되어 있다.

아버지인 진평왕이 살아 있을 적에 있었던 일이다.

진평왕이 공주 선덕을 불러서 물었다.

"너 이리 가까이 와서 이 꽃 그림을 보아라."

"예."

"그래, 네 눈에는 이 꽃 그림이 대체 어떠한고?"

"예, 꽃이 참으로 아름답사옵니다."

"그래! 바로 이 꽃이 모란꽃이라는데, 중국 당나라에서 이 꽃의 그림과 함께 이 귀한 꽃의 종자를 보내 왔구나."

그러나, 꽃 그림을 자세히 살펴 보던 선덕공주가 진평왕에게 말했다.

"하오나, 아바마마! 소녀가 보기에는 이 모란꽃은 비록 그 모양과 색깔은 아름다우나 향기가 없을 것이옵니다."

"무엇이라구……? 이 꽃에 향기가 없을 것이라니? 아니, 나도 처음 보는 꽃이거늘 감히 네가 어찌 이 꽃에 대해서 향기가 없을 것이라 하느냐?"

"아뢰옵기 죄송하오나, 자고로 여자가 미색이 빼어나면 남자가

따르는 법이요, 꽃이 향기로우면 벌과 나비가 날아든다 하였사옵니다."

"그, 그야 그렇지."

"하온데 당나라에서 보내온 이 모란꽃 그림에는 벌과 나비가 그려져 있지 아니하니, 이 꽃에는 향기가 없는 줄로 짐작한 것이옵니다."

"아, 아니? 그것 참, 그러구 보니 과연 이 모란꽃 그림에는 벌과 나비가 보이질 아니하는구나. 그럼 어디 네 말이 맞는지 틀리는지 이 종자를 심어 보도록 해야겠구나."

진평왕이 당나라에서 보낸 꽃 종자를 심게 하여 가꾸었더니, 과연 모란꽃은 아름답기는 하였으나 향기가 없었다. 이 일로 진평왕의 따님이 영특하다는 사실이 널리 알려지게 되었다.

진평왕이 아들을 두지 못한 채 세상을 뜨자 문무백관들이 두 말 없이 이 공주를 여왕으로 모시게 되었으니, 그가 바로 선덕여왕이 되었던 것이다.

이렇게 영특한 선덕여왕이고 보니, 자장스님이 당나라에 건너가는 것을 허락해 달라고 하자 무작정 허락을 해주는 것이 아니라, 자장스님이 과연 당나라에 유학을 보낼만한 그릇인지 아닌지 넌지시 시험을 하는 것이었다.

"당나라에 유학가는 것을 허락해 달라고 하셨지요?"

"그렇사옵니다."

"그러면 내 한 가지 물어볼 것이 있으니, 스님께서는 과연 어찌 생각하시는지 대답을 해 주시오."

"예, 하문하시옵소서."

"우리 궁궐 서쪽에 연못이 하나 있거니와 그 연못 이름이 무엇인지는 알고 계시겠지요?"

"예, 소승 알고는 있사오나, 차마 그 이름을 아뢰옵기는 황송한 줄로 아옵니다."

"내가 말하지요. 그 형국이 여자의 은밀한 곳을 닮았다 하여 옥문지(玉門池)라고 부릅니다."

"…… 황공하옵니다."

"헌데 이 옥문지에 괴이한 일이 일어났어요."

"괴이한 일이라니요?"

"때아닌 수백 마리의 개구리 떼가 바로 이 옥문지에 모여들어 밤낮없이 울어대고 있답니다. 한 번 들어보시오."

선덕여왕이 궁궐의 문을 열자, 개구리 울음소리가 시끄러울 정도였다.

"분명히 잘 들으셨지요?"

"예."

선덕여왕은 문을 닫고는 자장스님을 쳐다보았다.

"스님께서는 대체 저 개구리떼들을 어찌 보시는지요?"

"이것은 필시 불길한 조짐인 줄로 아옵니다."

"어찌하여 불길한 조짐이라 하시는지요?"

"예. 개구리는 양쪽 눈이 불거져 나와 있는지라 그 형상이 군사의 형상이온데, 개구리떼가 옥문지에 모여들었다 함은 어느 협곡엔가 적국의 군사들이 모여있음을 알리는 징조가 아닌가 하옵니다."

"참으로 그렇게 생각하십니까?"

"…… 그렇사옵니다."

선덕여왕은 고개를 끄덕였다.

"과연 스님은 지혜로운 안목을 지니고 계십니다. 나도 그런 불길한 생각이 들어서 백제와의 변경지역에 옥문곡이 있는지 샅샅이 알아보고, 옥문곡이나 여근곡이라 불리우는 지역을 수색하라 이미 하명을 해놓고 기다리고 있는 중입니다."

바로 그때였다. 한 신하가 급히 들어와 선덕여왕에게 알리는 것이었다.

"아뢰옵니다."

"그래, 어찌 되었는고?"

"예. 어명을 받자옵고 두 장군이 군사를 이끌고 서남 변방 여근곡을 수탐하여 본 바, 과연 백제 장군이 군졸 오백 명을 잠복시켜

놓고 둑산성을 침습하려고 기회를 엿보고 있었다 하옵니다."

"그래서 대체 어찌 하였다 하더란 말이시오?"

"예. 우리 장군이 번개같이 병사를 몰아 백제군을 기습하여 섬멸하였다 하옵니다."

"장한 일이라 전하시오."

"성은이 망극하옵니다."

신하가 나가자, 선덕여왕이 자장스님을 쳐다 보며 물었다.

"스님, 들으셨지요?"

"예. 참으로 성은이 망극하옵니다."

그러나, 선덕여왕은 자장스님에게 또 다시 질문을 던지는 것이었다.

"스님께서는 한 가지만 더 답변하십시오."

선덕여왕은 비록 여자의 몸이었으나 지혜가 뛰어나고 기개가 출중했으므로 얕잡아 보았다가는 큰 코 다치기 십상이었다.

자장스님은 두 눈을 지그시 감은 채 선덕여왕의 다음 하문을 기다리고 있었다.

"스님, 이 세상 모든 사람들은 부귀영화 누리기를 소원하며 살고 있는 줄로 압니다."

"예."

"어떤 사람은 높은 벼슬 하기를 소원하고, 또 어떤 사람은 부자

가 되기를 소원하지요."

"예."

"그런데 스님께서는 재상 자리도 마다하셨고, 부자로 사는 것도 버리셨습니다."

"…… 황공하옵니다."

"그리고 이번에는 또 저 멀고 먼 당나라에 들어가겠다 하시니, 대체 당나라에 가서는 무슨 일을 하시겠다는 말씀이신지요?"

"출가 수행자의 몸이니 달리 또 무엇을 구하겠사옵니까? 소승, 오직 부처님의 바른 가르침을 구하고자 하옵니다."

"그러면 그 부처님의 바른 가르침이 당나라에는 많고, 우리 신라에는 없다는 말씀이십니까?"

"듣자옵건대 중국땅에 부처님의 가르침이 전해진 것이 우리나라보다 훨씬 앞의 일이라, 중국에는 부처님의 경전도 수없이 많사옵고, 부처님의 계율 또한 널리 전해져서 승속간에 계율에 따라 바르게 산다 하옵기로 그래서 그 법을 배우고자 하옵니다."

"그 부처님 법을 배워오시면 이 나라, 이 백성들이 평안해지기라도 할 것이란 말이십니까?"

"그렇사옵니다. 상하가 다 한 마음으로 부처님 법을 믿고 배우고 실행하면 나라는 태평하고 백성들은 편안할 것이옵니다."

"하오면, 대체 부처님께서는 나라를 어찌 다스려야 옳다고 하셨습니까?"

"소승 아직 깊이 배우지 못한 탓으로 더 자세한 가르침은 모르옵니다만, 부처님께서는 우선 일곱 가지를 말씀해 주셨습니다."

"그 일곱 가지란 대체 무엇무엇인지요."

자장스님은 부처님께서 말씀하신 일곱 가지를 선덕여왕에게 전했다.

"첫째로, 너희 나라에서는 여러 사람들이 자주 모임을 가지고 바른 일을 서로 의논하여 바르게 처리하는가?

둘째로, 너희 나라에서는 임금과 신하가 화목하고, 윗사람과 아랫사람이 서로 공경하는가?

셋째로, 너희 나라에서는 모든 사람들이 법을 받들어 지키고 삼가야 할 일은 삼가며 예의를 제대로 지키고 있는가?

넷째로, 너희 나라에서는 모든 사람들이 부모에게 효도하고 어른을 공경하며 순종하고 있는가?

다섯째로, 너희 나라에서는 모든 사람들이 조상을 공경하고 제사를 제대로 지내고 있는가?

여섯째로, 너희 나라에서는 모든 부녀자들이 정숙하며 진실하고 웃고 농담할 적에도 그 말이 음탕하지 아니한가?

일곱째로, 너희 나라에서는 출가 수행자들을 공경하고, 계행이

청정한 수행자를 보호하고 공양하기를 소홀히 하지는 아니한가?
　만일 너희 나라에서 이 일곱 가지 일을 제대로 지키고 서로 화목하면 너희 나라는 태평할 것이요 백성은 편안할 것이며 그 어떤 나라도 감히 넘겨다 보지 못할 것이니라!"

　자장스님으로부터 부처님의 말씀을 전해들은 선덕여왕은 얼굴이 환해졌다.
　"듣고보니 과연 옳으신 가르치심입니다."
　"소승이 당나라에 들어가면 더 좋은 가르침, 더 많은 가르침을 배워올 것이옵니다."
　선덕여왕은 자장스님을 쳐다보며 고개를 끄덕거렸다.
　"스님의 큰 뜻이 정녕 그러시다면 전들 어찌 막을 수 있겠습니까? 배 편이 준비되는 대로 떠나도록 하십시오."
　"…… 참으로 성은이 망극하옵니다."

　이렇게 해서 자장스님은 선덕여왕의 허락을 얻어 문인 십여 명과 함께 당나라 구법 유학의 길에 오르게 되었다.
　이 당시만 해도 험한 바닷길을 건너 이역만리 타국으로 간다는 것은 그야말로 죽기를 각오한 위험천만한 일이었다.
　자장스님이 당나라로 건너간다는 소문을 들은 스님의 속가 옛

아들이 허겁지겁 포구로 달려왔다. 그리고는 막무가내로 스님의 앞길을 막아서는 것이었다.

"아니되시옵니다, 아버님."

그러나 자장스님은 화난 목소리로 단호하게 말했다.

"나는 이미 세속의 인연을 끊은 지 오래이거늘 감히 어찌 나를 아비라 부른단 말이던고?"

"죄, 죄송하옵니다만…… 당나라에 가셔서는 아니 되시옵니다."

"그대는 이미 장성하여 대장부가 되었거늘 어찌 이리도 사리분별을 제대로 못하고 추태를 부린단 말이던가?"

그래도 자장스님의 속가 아들은 물러서지를 않았다.

"어머님께서 목숨이 경각에 달려 있사옵니다. 기어이 떠나시려거든 단 한 번만, 한 번만이라도 만나주시고 떠나십시오."

자장스님은 두 눈을 지그시 감았다. 그리고는 조용히 말하는 것이었다.

"만나면 반드시 헤어지고, 태어나면 반드시 죽는 게 정해진 이치거늘 내가 다시 찾아가 만난다고 해서 돌이킬 수 있는 일이 아니니라."

자장스님의 말에 속가 옛 아들은 털썩 땅바닥에 엎드렸다.

"너무 하십니다요, 정말 너무 하십니다요."

"허망한 인생, 떠날 적에는 더욱 허망할 것이니 어서 가서 나무

아미타불 독경이라도 해드리는 것이 좋을 것이니라."

5
문수보살이 내려준 게송

　자장스님이 부처님의 정법을 구하기 위해 당나라로 건너간 것은 신라 선덕여왕 5년이었다. 서기로는 636년의 일이었으니, 스님의 나이 마흔 다섯이었다.
　자장율사는 중국 당나라에 당도하자 곧바로 산서성 대주 오대현의 동북쪽에 자리잡고 있는 오대산으로 들어갔다.
　중국 승려가 나와서 법당 뜰에 서있다가 들어서는 자장스님을 맞았다.
　"어디서 오는 객승이시오?"
　"예. 소승은 바다 건너 해동국 신라에서 온 자장이라 합니다."
　"허면 객승은 오대산을 찾아 오셨소이까, 아니면 청량산을 찾아 오셨소이까?"
　"불도를 구하러 왔으니 오대산을 찾아온 게 분명하옵고, 불도를

이루고 나면 마음이 시원할 것이니 그때에는 분명히 청량산을 찾아온 셈이 될 것입니다."

자장스님의 대답에 중국 승려가 큰 소리로 웃었다.

"허허허허, 잘 오셨소이다. 여기가 바로 오대산이요, 청량산입니다."

"어떤 사람은 이쪽 산을 가리켜 오대산이라 하고, 또 어떤 사람은 이쪽 산을 가리키며 청량산이라 했으니, 소승은 오대산, 청량산이 두 개인 줄 알았습니다."

"자, 여기서 한 번 둘러 보시오. 동서남북 사방에 봉우리가 넷이요, 한가운데 또 봉우리가 우뚝 솟았으니 봉우리가 모두 다섯인데, 봉우리마다 꼭대기에는 나무가 없이 평평한지라 그래서 이름이 오대산입지요."

"그러면 동쪽에 있는 저 봉우리는 동봉이 아니라 동대가 되겠습지요?"

"잘도 아십니다 그려. 여기서는 동봉, 남봉이라 부르지 아니하고 동대, 남대, 서대, 북대, 중대라고 부릅니다."

자장스님은 다시 한 번 주위를 둘러 보았다. 뻐꾸기 우는 소리 시원하게 들리는 곳이었다.

"과연 듣던 바대로 천하절경입니다."

"그래서 옛날 마등스님, 축법란 스님이 바로 이곳에 암자를 지으셨지요."
 "옛날이라면 대체 언제쯤 여기에다 암자를 지으셨단 말입니까?"
 "후한 시대 영평 십 년에 지으셨다 하니, 거금 600년입니다."
 "청량산이란 이름은 어찌해서 붙게 되었는지요?"
 자장스님은 중국 승려에게 청량산이라는 이름의 유래를 물었다.
 "그야 삼복 더위에도 덥지 아니하다 하여 청량산이라 부르니, 오대산이 청량산이요, 청량산이 오대산이지요. 그런데 세속 사람들은 각각 다른 산으로 잘못 알고들 있습지요."
 옛 문헌을 보면 중국의 오대산과 청량산이 각각 달리 기록되어 있으니 후세 사람들은 헷갈리기 십상이었다.
 우리의 옛 문헌인 삼국유사를 보면, 제 3권 황룡사 9층탑 항목에는 자장법사가 중국으로 유학하여 오대산에서 문수보살의 수법을 감응해 얻었다고 기록되어 있는가 하면, 같은 책 제 4권 자장정률 항목에는 자장스님이 중국 당나라 청량산에 들어가서 성인을 만나 뵈었다고 각각 다르게 기록되어 있다.
 그러나, 알고보면 오대산의 별명이 바로 청량산인 것이다.
 아무튼 이때 자장스님은 함께 당나라로 건너갔던 일행들과 헤어져 단신으로 오대산에 들어가 오대산 암자로 안내되었는데, 이때 처음으로 돌을 깎아 세운 문수보살상을 뵙게 되었다.
 중국 승려가 자장스님을 안내하였다.

"자, 이쪽으로 오시지요. 여기 이렇게 모셔놓은 분이 누구신지 아시겠습니까?"

"사자의 등에 올라 앉으신 보살님이시라면…… 경책에서 잠시 본 기억이 있긴 합니다마는 혹시 문수보살님이 아니신지요?"

"바로 보셨소이다. 부처님의 지혜를 대변하는 역할을 맡으신 문수보살님은 때로는 손에 칼을 들고 계시기도 하고, 때로는 이렇게 사자 등에 올라 앉아 계시지요."

"아, 예. 이제야 생각이 납니다. 번뇌를 끊어버리는 칼, 그리고 용맹과 위엄을 나타내는 사자, 부처님의 지혜광명을 문수보살님은 두 가지로 나타내신다고 하였습니다."

자장스님은 문수보살상 앞에 꿇어 앉아 오체투지하여 예배드린 뒤 정교하게 조각된 문수보살상을 우러러 보았다.

"…… 소승이 뵙기에 사람의 손으로는 만들지 못하였을 것 같은, 참으로 훌륭한 보살님 상이십니다."

"전하는 말에 의할 것 같으면 하늘에 있는 제석천이 하늘에서 장인들을 데리고 내려와 이 문수보살상을 조각했다고 하지요."

"과연…… 그런 전설이 전해질 법도 합니다. 지금도 달려가는 것만 같은 사자며, 옆에 앉아 계신 것만 같은 문수보살님이시며, 참으로 놀라운 솜씨입니다."

"기왕 오셨으니 이 문수보살님께 기도를 잘 올리시고, 이 문수보살님 앞에서 참선 수행을 잘 닦으시면 큰 영험을 얻게 될 것입니다."

"…… 영험을 얻게 될 것이라니요?"

"불도를 잘 닦는 수행자에게는 바로 이 오대산 문수보살님께서 손수 법을 전하시고 인가해 주실 것입니다."

"아니, 그러면……?"

"어떤 수행자는 3년 만에, 또 어떤 수행자는 5년 만에, 그리고 10년, 20년 만에 문수보살님을 만나뵙는 일이 종종 있습니다. 허나, 50년, 70년을 여기서 수행을 해도 문수보살님을 만나뵙지 못하는 수행자가 더 많으니, 이 점 각별히 유념토록 하십시오."

부처님의 지혜를 상징하는 보살이 바로 문수보살이다.

오대산에서 일만여 명의 보살을 거느리며 설법하고 계신다는 문수신앙은 중국의 오대산에서 비롯되어 우리나라에도 그대로 옮겨져 강원도 오대산 월정사 상원암에 문수동자 설화와 함께 전해지고 있다.

강원도 오대산도 중국의 오대산과 그 지형이 흡사하여 동대, 북대, 서대, 남대, 중대가 그대로 있으니 우리나라 문수신앙의 본거지라 하겠다.

아무튼 우리나라 불교 역사에서도 수많은 고승대덕들이 바로 이 지혜의 상징인 문수보살을 만나뵙기를 지극정성으로 염원해 왔던

게 사실이다.

  자장스님은 중국 오대산 북대의 암자에 머물면서 일구월심으로 문수보살님께 기도하고 화엄경을 공부하며 문수보살상 앞에 가부좌를 틀고 앉아 참선수행하기에 여념이 없었다.

  1년, 2년이 지나 3년째 되던 초겨울 어느날 밤이었다.

  산 위인지라 바람이 몹시 불어서 가만히 앉아서 참선수행하기에는 몹시도 힘들고 고된 날씨였다.

  "쿨룩 쿨룩 쿨룩…… 이것 보시오, 자장스님."

  중국 승려가 기침을 해대면서 참선수행중인 자장스님을 불렀으나, 자장스님은 이미 얼어붙은듯 꼼짝도 아니한 채 대답조차 없었다.

  "이, 이것 보시오, 자장스님! 이러다가는 이거 얼어 죽기 십상이오. 제발 그만 방 안으로 들어가십시다."

  그러나 자장스님은 여전히 꼼짝도 아니하는 것이었다.

  "허허, 이거 이러다가 영락없이 얼어 죽고 말것이래두요. 자, 자…… 제발 고집 부리지 말고 어서 그만 들어가십시다. 쿨룩 쿨룩 쿨룩…… 아이구, 제발 그만 일어서시래두 그래요?"

  그제서야 자장스님은 미동도 하지 않은 채 그저 입만 움직이며 말했다.

  "소승은 아직 견딜만 하니, 스님께서는 그만 들어가십시오."

"허허, 세상에 이런 참! 아니, 그래 자장스님 혼자서만 수행을 해서 혼자서만 문수보살님을 뵙겠다는 게요, 이거?"

"아, 아니옵니다. 소승은 아직 견딜만 하니 더 좀 수행을 하다 들어갈 것이니, 어서 먼저 들어가서 쉬도록 하십시오."

"허허, 나 원 참! 이러다간 앉은 채로 얼어 붙어서 도를 깨닫기도 전에 극락가게 된단 말씀이오."

"아니옵니다. 소승은 아직 견딜만 하니 어서 먼저 들어가십시오."

"고집두 원, 쇠고집에 왕고집을 겸하셨구먼. 얼던지 죽던지 난 모르오."

중국 승려는 투덜거리면서 자리에서 일어나서 방으로 들어가는 것이었다.

자장스님은 한밤이 깊어가는 줄도 모른 채 가부좌를 틀고 앉아 참선 삼매에 빠져들어갔다.

그런데 얼마나 시간이 흘렀을까? 어디선가 문수보살님의 목소리가 들리는 듯 했다.

"해동국 신라에서 온 자장은 들으시오!"

드디어 자장스님은 비몽사몽간에 문수보살을 만나게 된 것이다.

"엄동설한도 마다하지 아니하고 나를 만나기 일구월심이니, 기특하고 기특하도다! 내 그대를 위해 특별히 게를 전할 것이니 받

아 지니도록 하시오!

   요지 일체법하니
   자성 무소유요,
   여시 해법성하니
   즉견 노사나로다.
   요지 일체법하니
   자성 무소유요,
   여시 해법성하니
   즉견 노사나로다."

  문수보살의 목소리가 점점 멀어지자, 자장스님은 소리 나는 쪽을 향했다.
  "보살님, 보살님, 문수보살니임……"
  무섭게 휘몰아치는 바람 소리에 순간 자장스님은 번쩍 정신이 들었다.
  "으음? 아, 아니 이거 내가 꿈을 꾸었단 말이던가?"
  자장스님은 고개를 저었다.
  "아, 아니야. 꿈이 아니었어. 요, 요, 요지 일체법하니 자성 무, 무 무소유요, 여, 시 해법성하니 즉견 노사나로다? 그래, 부, 분명히 그렇게 게송을 주셨어. 문수보살님께서…… 문수보살님께서 게송을 주신게야."

그러나 자장스님은 그만 그 자리에서 정신을 잃고 말았다.

뒤늦게 중국 승려가 나와 보고 구하지 않았던들 자장스님은 그날 밤에 목숨을 잃고 말았을 것이다.

자장스님은 그 다음날 아침에 간신히 정신을 되찾았지만 아무리 생각을 해보아도, 간밤 꿈에 문수보살이 내려준 게송을 기억할 수가 없었다.

자장스님은 참으로 억울하고 분해서 견딜 수가 없었다.

그래서 스님은 죽을 힘을 다해 다시 방문을 열고 밖으로 나와 문수보살상 앞에 이르렀다.

"문수보살님, 문수보살님! 어리석은 중생, 죽을 죄를 지었습니다. 보살님께서 이 어리석은 중생을 위해 게송을 친히 내려 주셨거늘 간밤에 다 잊어버렸으니, 이 큰 죄를 대체 어찌하면 좋겠습니까?"

자장스님은 문수보살상 앞에서 한없이 참회를 올렸다.

그런데 바로 그때였다. 누더기를 걸친 웬 늙은 스님 한 분이 지팡이에 간신히 몸을 의지한 채 자장스님 앞으로 다가오는 것이었다.

자장스님은 늙은 스님이 가까이 오는 것도 모른 채 참회의 기도만을 올리고 있었다.

노승이 다가와서 말을 걸었다.
"이것 보시게, 이것 보시게."
"예에? 아니, 어디서 오시는 스님이시온지요?"
"아, 나는 그저 떠돌아 다니는 늙은 중일세마는……."
"아이구, 이거 이 추운 날씨에 노장스님께서 고생이 많으셨겠사옵니다. 소승이 모실 것이니 어서 방안으로 들어가시지요."
"아, 아니야. 나는 괜찮아. 그것보다두…… 그대 말일세."
"예, 스님."
"그대는 대체 어떤 연유로 이 추운 바람 속에서 문수보살님께 기도를 올리고 계셨는가?"
"예. 어리석은 중생, 문수보살님께 큰 죄를 지었기에 참회 기도를 올리고 있었사옵니다."
"무슨 죄를 어떻게 지었길래 참회 기도를 올렸더란 말인가?"
"예. 간밤에 참선 수행중 비몽사몽간에 문수보살님께서 소승에게 게송을 친히 내려 주셨는데, 이 어리석은 중생이 그 게송을 그만 잊어버리고 말았습니다."
"게송을 잊어먹다니?"
"그래서 큰 죄를 지었다고 말씀드리지 않았습니까?"
"문수보살님께서 친히 내리신 게송이라면 잊어먹을 리가 있겠는가? 다시 한 번 찬찬히 생각을 해 보시게."

"아, 아무리 다시 생각을 해 보아도 영 떠오르질 아니 합니다요."

"그래두 다시 한 번 생각을 가다듬어 보시게."

"그, 글쎄요······. 요, 요, 요지 일체법하니······ 그, 그렇습니다, 스님. 이제야 생각이 납니다요. 요지 일체법하니 자성 무소유요, 여, 여, 역시 해법성하니 즉견 노사나로다. 그렇습니다 스님, 그렇습니다."

자장율사는 기뻐서 큰 소리로 자꾸만 외워대는 것이었다.

"허허허허, 이 사람 참 싱거운 사람이로구먼. 아, 그렇게 줄줄 잘 외우고 있으면서 잊어먹었다고 그랬단 말인가?"

"고맙습니다, 스님. 스님 덕분에 다시 찾았습니다."

"요지 일체법하니

자성 무소유요,

여시 해법성하니

즉견 노사나로다."

"그렇습니다, 스님. 간밤에 문수보살님께서 분명히 그렇게 게송을 내려 주셨습니다."

노승은 게송을 한 번 더 읊어보더니, 술술 풀이를 하는 것이었다.

"모든 법을 밝게 알고보니

자성은 원래 무소유라,
이와같이 법성을 알고나니
이것이 바로 비로자나 부처로세."

"고맙습니다, 스님. 문수보살님이 친히 내려주신 게송을 풀이까지 해 주셨으니 참으로 고맙습니다."

"허지만, 이것 보시게."

"예, 스님."

"……."

노스님은 가만히 자장을 부르고는 아무런 말이 없었다. 그러나 잠시후 자장을 쳐다보면서 조용한 목소리로 말하는 것이었다.

"그대가 비록 천 가지 만 가지 가르침을 배운다 해도 내가 주는 이 선물보다는 못할 것이야!"

"…… 무슨…… 말씀이시온지요, 스님?"

"자세히 보게나."

누더기를 걸친 늙은 스님은 덕지덕지 누더기가 다 된 낡은 바랑 안에서 가사 한 벌과 종이에 싼 구슬을 꺼내어 자장에게 내미는 것이었다.

"자, 어서 받으시게."

"이, 이게 대체 무엇이온지요, 스님?"

"놀라지 마시게! 이 가사는 부처님께서 입으시던 가사 가운데 한 벌이요……."
 "예에?"
 자장의 목소리가 커지자 늙은 스님은 검지 손가락을 입술에 대었다.
 "쉿! 입을 다물고 있게!"
 "예, 스님."
 "이 종이에 싼 구슬은 구슬이 아니라 부처님 진신사리 일백 과일세."
 "예에? 부처님 진신사리 백 개라구요?"
 자장은 너무 놀랍고 기뻐서 숨이 막힐 지경이었다.
 "쉬잇! 그대가 이 귀한 보물을 가진 걸 중국 승려가 아는 날에는 살아남지 못할 것이야!"
 "아, 아니 스님!"
 "그대가 중국 땅에 있는 동안에는 이 늙은 중한테서 이런 보물을 얻었다는 소리는 아예 입 밖에 내서는 아니될 것이야!"
 "예, 스님."
 "이상한 노승을 만났다는 소리도 아예 입 밖에 내지 마시게! 내 말 알아 들었는가?"
 "예, 스님. 명심하겠사옵니다."
 말을 마친 노스님은 낡은 바랑을 다시 어깨에 걸쳤다.

"그럼 난 이만 가 보겠네."

자장이 늙은 스님의 낡은 누더기를 부여잡았다.

"아니 되십니다 스님, 쉬었다 가셔야지 그냥 가시면 아니 되시옵니다. 스님, 스님, 스니임—."

그러나 누더기를 걸친 늙은 스님은 두 번 다시 뒤도 돌아보지 아니하고 나무 사이로 사라져 버렸다.

자장은 허겁지겁 뒤쫓아 가면서 노스님을 불렀다.

"스님, 스님, 스니임—."

자장이 애닯게 스님을 불러대는 소리에 암자에 있던 중국 승려가 웬일인가 싶어 달려 나왔을 뿐, 누더기를 걸친 노스님의 모습은 두 번 다시 볼 수가 없었다.

"이것 보시오, 자장스님! 빈 산 속에다 대고 웬 스님을 부르고 그러시는 게요?"

"예에? 아, 아, 아무 일도 아닙니다."

중국 승려는 고개를 좌우로 갸웃거렸다.

"간밤에 얼어죽다 살아나더니만, 스님 혹시 실성이라도 한 게 아니오?"

"그, 그러게요. 이거 아무래도 내가 제 정신이 아닌 모양이니, 들어가서 좀 쉬어야 할까 봅니다요."

"자, 내가 부축할테니 어서 가서 쉬도록 하시오."

그날밤 자장은 방문을 걸어 잠근 뒤에 감동과 흥분으로 몸을 떨면서 누더기를 걸친 늙은 스님이 주고 가신 부처님의 가사 한 벌과 백 개의 진신사리를 다시 한 번 확인해 보았다.

"오! 이것이 정녕 생시의 일이옵니까, 꿈속의 일이옵니까? 부처님께서 살아 생전에 입으셨다는 이 가사, 그리고 부처님의 법신에서 출현하셨다는 이 백 과의 사리…… 이것이 정녕 꿈이옵니까, 생시이옵니까……"

자장은 너무 기쁘고 감격한 나머지 하염없는 눈물을 흘렸다. 그러다가 문득 누더기를 걸치고 있던 그 늙은 스님이 중국 땅에 있는 동안에는 그 누구에게도 자신을 만난 이야기를 하지 말라시던 말씀이 떠올랐다.

"아, 알겠습니다. 스님, 아무에게도, 결코 아무에게도 발설하지 않을 것이옵니다."

자장은 부처님의 가사와 진신사리를 정성스럽게 싸고 또 싸서 은밀히 잘 모셔둔 뒤 밤을 새워가며 문수보살님께 감사의 기도를 올렸다.

그런데 그날 밤 자장은 또 다시 비몽사몽간에 문수보살을 친견하게 되었다.

"해동국 신라 승려 자장은 들으시오! 그대는 이미 이 문수보살을 만났으려니와 내가 그대의 이마를 어루만지고 게송을 전했으니

그 게송을 한 번 외워 보시오."
"예, 보살님. 결코 다시는 잊는 일이 없을 것이오니, 소승 외워 바치겠습니다.

모든 법을 밝게 알고보니
자성은 원래 무소유라,
이와같이 법성을 알고나니
이것이 바로 비로자나 부처로세."

"기특하고 기특한 일이오! 그만하면 그대는 부처님 가사와 진신 사리를 맡을만 하니 어서 속히 이 오대산을 떠나도록 하시오!"
"예에? 이 오대산을 떠나라니요, 보살님?"
"이미 문수보살을 만났고 부처님 가사와 진신사리를 전해 받았으니 더 이상 또 무엇을 바란단 말이시오? 이 오대산에 더 오래 머물러 있다가는 큰 재앙을 만나게 될 것이니, 어서 속히 이 오대산을 떠나도록 하시오! 떠나도록 하시오! 떠나도록 하시오!"
문수보살은 그 모습이 점점 멀어지더니 목소리마저 사라지는 것이었다.
"보살님, 보살님, 문수보살니임―."
자장은 번쩍 정신이 들었다.

"아니, 이거 또 내가 꿈을 꾸었구나. 문수보살을 만났고, 부처님 가사와 진신사리를 전해 받았으면 되었지, 또 무엇을 더 얻으려 하느냐고 꾸짖으셨어. 어서 이 오대산을 떠나라고……. 어서 떠나라고 분명히 이르셨어!"

자장은 곧바로 오대산을 떠나기로 작정하고 은밀히 감추어 둔 부처님 가사 한 벌과 진신사리를 조심스럽게 챙겨 걸망 속에 모신 뒤에 그 길로 온다 간다는 말도 없이 오대산 북대를 급히 떠났다.

6
황룡사에 구층탑을 세우시오

자장율사가 오대산 북대를 떠나 태화지라는 연못 근처를 지나가고 있을 때였다. 난데없이 나타난 기골이 장대한 한 사나이가 스님의 앞길을 가로막고 서는 것이었다.

"걸음을 멈추시오!"

"아, 아니…… 댁은 대체 뉘시기에 길가던 수행자의 앞길을 막는단 말이시오?"

"내가 먼저 물을 것이니 당신은 대답부터 하시오! 만일 거짓이 있으면 내 손에 들고 있는 이 박달나무 지팡이가 가만 두지 아니할 것이오!"

"대체 무엇을 알고 싶다는 게요?"

사나이는 자장율사를 자세히 살펴보는 것이었다.

"보아하니 당신은 우리 중국의 승려가 아닌 것 같은데?"

"잘 보셨소이다. 소승은 바다 건너 해동국 신라에서 온 자장이라고 합니다."

사나이는 자장율사의 묵직한 걸망에 눈이 갔다.

"등에 짊어지고 있는 걸망 속에는 값진 보물이 가득 들어 있겠지요?"

"출가 수행자는 금은보화를 지니지 못하는 게 불가의 법도이니, 당신이 말하는 세속의 보물은 단 한 가지도 들어 있지 않소이다."

"아니, 그러면 그 걸망 속에는 대체 무엇이 들어 있다는 게요?"

"출가 수행자에게는 부처님의 바른 법이 보물이니, 불가의 보물이 가득 들어 있지요."

"좋소! 그러면 이렇게 합시다. 제 아무리 출가 승려라고 하더라도 목숨은 아까울 터! 등에 짊어진 그 걸망을 벗어주면 목숨은 살려줄 것이니 어서 벗어 놓고 가도록 하시오."

"그것은 절대로 아니 될 소리. 출가 수행자가 부처님의 법을 버리면, 그 수행자는 이미 죽은 것이나 진배 없거늘 감히 어찌 구차한 목숨을 살리자고 부처님의 법을 버릴 것인가!"

"아니, 그러면 이 박달나무 지팡이로 맞아 죽어도 좋다, 그런 말이시오?"

"태어날 적에 이미 죽기로 정해져 있거늘 내 어찌 죽음을 두려워 할 것인가? 죽이든 살리든 마음대로 하시오!"

　자장율사는 조금도 두려운 빛이 없이 두 손으로 걸망끈을 단단히 잡으면서 성큼 사내의 앞으로 다가섰다.
　그러자 사내는 한 발 뒤로 물러서면서 지팡이로 땅바닥을 쿵쿵 내리치며 소리쳤다.
　"아니, 이 중이 정말 죽고 싶어서 이러는 겐가 이거?"
　그러나 사내의 기세에 조금도 눌리는 기색없이 자장율사가 큰 소리로 사내를 꾸짖었다.
　"살생도 하지 말고, 도적질도 하지 말고 어서 길이나 비키도록 하시오!"
　조금도 두려워하지 않고 성큼성큼 앞서서 걸어가는 자장율사를 사내가 다급하게 불렀다.
　"잠깐, 잠깐만 멈추시오!"
　자장율사가 돌아보았다.
　"죽는다는 것이 실감이 나지 아니 하는 모양인데 이번에는 그럼 이렇게 하지. 당신의 한 쪽 팔을 잘라놓고 가겠는가, 아니면 그 걸망을 벗어놓고 가겠는가?"
　"그러면, 내 이 한 쪽 팔을 잘라주면 그것으로 족하겠소이까?"
　"나도 사내 대장부인데 어찌 한 입으로 두 말을 할 것인가! 자, 어서 정하도록 하시지. 한 쪽 팔을 잘라놓고 가겠는가, 그 걸망을 벗어 놓고 가겠는가?"

자장율사는 잠시 두 눈을 감고 마음을 가다듬은 뒤 성큼 사내의 앞으로 한 걸음 다가서며 불쑥 오른 팔을 내밀었다.
"자, 이 팔을 기꺼이 내줄 것이니, 어서 잘라가시오!"
그러자 사내는 갑자기 큰 소리로 웃는 것이었다.
"하하하하…… 하하하하……"
"어서 이 팔을 잘라 가라는데 어찌 이리 웃기만 한단 말이오?"
"하하하하…… 스님은 과연 큰 그릇이십니다."
"무슨…… 말씀이오?"
"나는 스님을 해치러 온 사람이 아니라 도와드리러 온 사람입니다. 잠시나마 심려를 끼쳐드려서 죄송합니다."
"대체 뉘시기에 나를 이리 농락하신단 말이오?"
자장율사가 버럭 화를 냈다.
"노여움 거두십시오. 내가 스님의 근심 걱정을 덜어드릴 것입니다."
"근심 걱정을 덜어준다면?"
"스님의 나라, 신라에는 여러 가지 어려움이 있어 스님께서는 그 일로 늘 근심하고 있을 것입니다."
고국 신라를 생각한 자장율사의 얼굴이 순간 어두워졌다.
"그건 그렇소이다. 우리 신라는 북으로 말갈과 남으로는 왜국, 그리고 또 고구려와 백제가 빈번히 국경을 침범하여 무고한 백성

들이 해마다 죽어가고 있으니, 그것이 심히 걱정이지요."

"내 그 근심 걱정을 없애도록 비방을 가르쳐 드릴 것이니 스님께서는 나를 따라 오시오."

사내는 이렇게 혼쾌히 말하는 것이었다.

자장율사는 이 범상치 아니한 사람의 뒤를 따라갔다.

사내는 앞장서 성큼성큼 걸어가더니 큰 동굴 속으로 스님을 데리고 가는 것이었다. 그리고는 자리에 앉자마자 이렇게 말하는 것이었다.

"지금 신라는 여자를 왕으로 모신 까닭에 덕은 있으나 위엄이 없습니다. 모란꽃이 곱기는 하지만 향기가 없듯이, 덕은 베풀지만 위엄이 없다는 말이지요."

"그, 그러니까 여왕을 모신 까닭에 침범이 그리도 잦다 그런 말이시오?"

"그렇지요. 여자가 왕 위에 올라 있으니 얕잡아보고 침노하는 것입니다."

"그, 그러면 대체 어찌하면 그 근심 걱정을 없앨 수 있겠소이까?"

사내는 잠시 뜸을 들인 후, 속삭이듯 조용한 목소리로 말했다.

"신라로 돌아가시거든 황룡사에 9층탑을 세우고 팔관회를 열 것이며, 죄인들을 크게 용서하면 나라가 태평하고 백성들이 평안할 것이며 아홉 나라가 조공을 바쳐 왕업이 날로 튼튼해질 것이오."

"황룡사에 9층 탑을 세우고……."

"또 한 가지 비방이 있으니, 신라 땅 영축산 아래 연못이 하나 있을 것이오. 그 연못에는 독룡이 살고 있어 비와 바람이 순탄치 못하며 흉년과 기근이 끊이지 아니하니 그 연못을 메워 그 자리에 절을 지으시오. 그리고 그 절에 부처님의 진신사리를 모신 후 계단을 세우면 신라에 불법이 세세생생 흥왕할 것이오."

"…… 고맙소이다. 하온데 대체 댁은 뉘시기에 소승에게 이런 비방을 가르쳐 주시는 것이온지요?"

"하하하하…… 부처님 말씀에, 일체유심조라 모든 것은 마음이 이룬다고 하셨으니 이 비방 또한 스님 마음의 조화가 아니겠습니까? 이제 그만 길을 떠나도록 하십시오."

자장율사는 참으로 귀신에 홀린 것 같기도 하고 신선을 만난 것 같기도 하여 기이한 생각이 들었다.

이때의 이 일을 중국의 당고승전이나 우리나라의 삼국유사는 자장율사가 태화지 연못가에서 신인을 만났다고 기록하고 있다.

이 일이 있은 뒤, 자장율사는 발길을 재촉하여 당시 당나라 서울이었던 장안으로 들어갔다.

스님이 장안 흥륜사에 잠시 머물면서 여독을 풀고 있을 때였다.

하루는 중국 승려가 자장율사를 찾았다.

"신라에서 오신 자장스님이십니까?"

"예, 소승이 자장이옵니다마는……."

"스님께서는 어서 행장을 꾸리시와 소승이 모시고 가도록 해 주십시오."

자장율사는 무슨 일인가 하여 어리둥절하였다.

"아니, 그건 또 무슨 말씀이시오?"

"황제폐하께옵서 어명을 내리셨사옵니다."

"어, 어명이라니요?"

"예, 신라에서 오신 자장스님을 감히 어찌 누추한 흥륜사에 모셨느냐고 크게 꾸짖으시고, 스님을 속히 승광별원으로 모시라 하셨사옵니다."

"나를 승광별원으로요?"

"그렇사옵니다. 스님을 국빈으로 극진히 모시라는 분부를 내리셨사오니, 스님께서는 어서 행장을 꾸려 주십시오."

자장율사는 당태종의 어명을 거역할 수 없어 하는 수 없이 걸망을 챙겨 칙사가 모셔가는 곳으로 거처를 옮기게 되었다.

헌데, 막상 칙사가 안내한 곳에 당도하고 보니, 그곳은 사찰이 아니라 으리으리한 별장이었다.

"이제 다 오셨습니다. 여기가 바로 대사님께서 머무실 곳이옵니다."

"아니, 그런데 이곳은 사찰이 아니질 않소이까?"
"예, 보시다시피 이곳은 사찰이 아니옵고 승광별원이옵니다."
"승광별원이라면……?"
"예, 나라의 귀한 손님만을 따로 모시는 국빈관인 셈이지요."
자장율사는 입장이 매우 곤란하였다.
"허허, 이런 낭패가 있는가! 이것 보시오."
"예, 분부 내리십시오, 율사님."
"옛부터 우리 출가 수행자들은 높고 넓은 평상에는 앉지도 않는 것을 법도로 삼아 왔거늘, 내 어찌 이런 호사스런 국빈관에 머물 수 있단 말이시오?"
"말씀드리기 죄송하오나 소관은 황제폐하의 어명만을 따를 뿐, 불가의 자세한 법도는 알지 못합니다. 자, 어서 안으로 드시도록 하십시오."
"내 방금 말씀드렸지 않소이까? 무릇 출가 수행자는 이런 호사스런 곳에서는 머물지 못합니다."
그러나 칙사는 막무가내였다.
"아니될 말씀이십니다. 제 아무리 불가의 법도가 그렇다 한들, 그 어느 누구도 황제폐하의 어명을 거역할 수는 없는 일입니다. 그러니 오늘은 우선 안으로 드시도록 하시고 훗날 황제폐하께 따로 진언을 드리도록 하십시오."

 자장율사는 하는 수 없이 승광별원에 머무르게 되었다.

 그런데 이 승광별원이라고 하는 곳은 요즘 같으면 외국 귀빈만을 따로 모시는 영빈관이라, 호사스럽기가 그지 없었다.

 비단 이불이며, 시중드는 하인이며 뜰안에 가득가득 심어놓은 기화요초에 연못 위에는 백조까지 떠다니며 노닐고 있었다.

 그러니, 누더기 옷 한 벌에 밥그릇 하나로 가시덤불 속에 들어앉아 백골관을 닦았던 자장율사로서는 이 호사스런 승광별원이 오히려 불편하기 짝이 없었다.

 그래서 되도록이면 바깥 출입을 하지 않고 방 안에서 가부좌를 틀고 앉아 참선수행만을 하고 있었다.

 그러던 어느 날이었다.

 "대사님 계시옵니까요? 대사님, 안에 계시옵니까요?"

 "무슨 일이시던고?"

 "황제폐하께서 분부를 내리셨사옵니다."

 그제서야 자장율사는 가부좌를 풀고 방문을 열었다.

 "대체 어떤 분부를 내리셨단 말이신가?"

 "예. 대사님더러 왕궁으로 듭시라는 분부이시옵니다."

 "지금 당장 말씀이신가?"

 "그렇사옵니다."

 "알았네. 잠시만 기다리시게."

자장율사는 아무리 생각을 해보아도 알 수 없는 일이었다.

신라에서 유학 온 승려를 어쩐 까닭으로 승광별원에 따로 불러다 극진한 대접을 베풀게 했으며, 또 이번에는 대체 무슨 까닭으로 왕궁으로 들라 하는지 도무지 그 연유를 알 수가 없었다.

자장율사는 드디어 당태종 앞으로 나가 예를 갖춘 후, 마주보게 되었다.

"참으로 잘 오셨소이다, 대사!"

"소승, 참으로 성은이 망극하옵니다."

"그래, 대사가 우리 당나라에 들어온 지 몇 년이나 되었지요?"

"예, 4년째인 줄로 아옵니다."

"허면 그동안 우리 당나라에서 무슨 일을 하고 지냈단 말이시오?"

"예, 부처님의 가르침을 쫓아 불도를 닦고 있었사옵니다."

"허면, 내가 한 가지 묻겠소이다."

"예, 하문하시옵소서."

"내가 그동안 우리 당나라 승려들을 모셔다가 부처님 법을 종종 물어보았소이다마는 아직 흡족한 답을 듣지 못하였었소. 그러니 내 오늘은 신라에서 온 대사에게 물어볼 것이오."

"예."

"우리 당나라 승려들은, 이 세상 사람들이 근심 걱정에서 벗어나

려면 세 가지 독을 끊어야 한다고 그러던데, 그 말이 과연 옳은 말이오?"

"예, 그 말씀은 본시 석가모니 부처님께서 이르신 말씀이신데, 백 번 천 번 옳으신 말씀인 줄로 아옵니다."

"허면, 대체 어쩐 까닭으로 욕심을 버리라고 하셨단 말이시오?"

"예, 사람의 욕심이란 밑이 빠진 항아리와 같아서 채워도 채워도 채워지지 아니하는지라 곡식 아흔 섬을 갖게 되면 백 섬을 채우고 싶고, 백 섬을 채우고 나면 다시 또 천 섬을 채우고 싶어지니 그래서 근심 걱정 고통 또한 끝이 없게 됩니다."

"욕심이 있으면 근심 걱정 고통이 반드시 뒤따른다 그런 말이시오?"

"그렇사옵니다. 사람의 그림자가 사람 몸을 따르듯이 근심 걱정 고통은 욕심을 따라 다니는 것이옵니다."

"허면 대체 욕심을 어떻게 끊어내란 말이던가요?"

"예, 부처님께서 이르시기를 만족할 줄 알면 욕심을 줄이게 되고, 욕심을 줄이게 되면 편안하다 하셨사옵니다."

"만족할 줄 알면 욕심을 줄이게 되고, 욕심을 줄이게 되면 편안해진다?"

"그렇사옵니다."

당태종은 스님의 대답을 다시 한 번 되내이며 생각에 잠기는 것이었다. 그러더니 잠시 후, 당태종이 스님을 불렀다.
"이것 보시오, 대사."
"예."
"부처님께서 분명히 그렇게 이르셨소? 만족할 줄 알면 욕심을 줄이게 되고, 욕심을 줄이게 되면 편안해진다고 말씀이오?"
"예, 그렇사옵니다."
"허면 부처님께서는 어쩐 까닭으로 성내지 말라고 하셨소이까?"
"성내는 데서 천 가지 만 가지 재앙이 일어나니 그래서 성내지 말라고 이르신 것이옵니다."
"성내는 데서 천 가지 만 가지 재앙이 일어난다?"
"그렇사옵니다. 사람이 울컥 성 한 번 내게 되면 입에서는 욕설과 악담과 저주가 나오게 되고, 그 다음에는 때리고 죽이고 빼앗고, 온갖 악한 일을 저지르게 됩니다. 그래서 부처님께서는 성내는 마음을 끊으라고 이르신 것이지요."
당태종은 고개를 끄덕이며 혼잣말로 되내이는 것이었다.
"…… 욕심도 끊어라, 성내는 마음도 끊어라?"
"그렇사옵니다. 그리고 마지막 한 가지, 어리석은 마음도 버리라고 이르셨사옵니다."
당태종은 고개를 갸우뚱거렸다.
"어리석은 마음이란 대체 어떤 마음이란 말이시오?"

"이 세상에 항상 그대로 있는 것은 아무것도 없사옵니다. 풀 한 포기, 나무 한 그루, 심지어는 사람의 몸도 마음도, 항상 그대로 있지를 아니합니다. 생겨나고 머물다가 결국은 변하고 변해서 종국에는 부서지고 없어지게 되어 있습지요."

"…… 생겨나고 머물다가 변하고 변해서 부서지고 없어진다……?"

"허나 우리 어리석은 중생들은 이 세상 모든 것이 항상 그대로 있는 줄로 착각하고 내 몸, 내 벼슬, 내 자식…… 하면서 물질에 집착하고 명예에 집착하고, 애욕에 집착해서 오래오래 자기 것으로 만들려고 발버둥을 치고 있습지요. 두고두고 내 것인 줄로 잘못 알고 있는 까닭에 거짓말을 하고, 남을 속이고, 때리고, 빼앗고, 죽이기까지 합니다. 하오나, 부처님께서 이르시기를 영원한 나의 것은 아무 것도 없다고 말씀하셨습니다. 세월이 지나면 오래지 아니해서 이 몸도 늙고 병들어 죽게 되면, 백골만 땅 위에 굴러다니다가 결국은 그 백골마저 한 줌의 흙이 될 것이거늘 하물며 다른 것이야 말해 무엇 할 것이냐고 깨우쳐 주셨습지요. 내 몸도 내 것이 아니거늘, 내 자식, 내 아내, 내 집, 내 땅이 어디 있겠느냐고 하셨습니다."

"…… 내 몸도 내 것이 아니거늘 하물며 다른 것이야 말해 무엇 하겠느냐……"

"그렇사옵니다. 이 세상 모든 중생들이 영원한 나의 것은 아무 것도 없다는 진리를 깨달았을 때, 그때에는 성낼 일도 없어질 것이요, 욕심 낼 일도 없어질 것이니, 그리하면 근심 걱정 고통도 자연히 사라지게 될 것이옵니다."

당태종은 감격하여 자장율사를 쳐다보았다.

"과연, 과연 대사는 신라 조정에서 안부를 걱정할 만한 대사 임에 틀림없구료."

자장율사는 당태종의 느닷없는 그 말이 무슨 뜻인지를 알 수가 없었다.

"무슨…… 말씀이시온지요, 황제폐하?"

"대사님의 나라 신라 조정에서 대사님의 안부를 염려하여 대사님이 지금 어디서 어떻게 지내시는지 궁금하다 하였기로 내 특별히 영을 내려 대사님을 찾아 모시도록 했던 것이오."

"하오면…… 소승을……."

"대체 어떤 승려이기에 신라 조정에서까지 그 안부를 염려하나 싶었는데, 오늘 대사의 법문을 들어보니 과연 대사는 천하의 고승이시오."

"아니옵니다. 이는 참으로 과찬의 말씀이시옵니다."

"내 그동안 대사를 극진히 모시라 당부했었는데, 어디 불편한 점은 없으셨는지요? 혹시 있었다면 숨기지 말고 어서 말씀하시오."

"아니옵니다. 불편한 점은 없었사옵니다만 소승 한 가지 소원이 있사옵니다."

"소원이시라면 어서 말씀하시오. 무엇이든 다 들어줄 것이오."

"성은이 망극하옵니다."

"어서 말씀하시오."

"예. 본시 우리 부처님께서는 누더기 옷 한 벌, 쓰시던 밥그릇 하나, 그리고 짚고 다니시던 낡은 지팡이 하나가 전 재산이셨습니다."

"부처님께서 가지셨던 게 그것 뿐이셨단 말씀이오?"

"그렇사옵니다. 그리고 제자들에게 부처님께서는 이렇게 이르셨습지요. '옷은 한 벌 이상 가지지 말라. 밥그릇도 한 개 이상 가져서는 아니된다. 넓은 평상, 높은 평상에는 앉지도 말고 눕지도 말라. 비단 옷을 입어서도 이니될 것이요, 꽃다발을 쓰거나 향을 발라서도 아니될 것이다! 또한 너희들은 결코 금은보화를 몸에 지녀서도 아니될 것이요, 음식도 배불리 먹어서는 아니될 것이다!' 이렇게 엄히 당부하셨사옵니다. 그러니 소승이 승광별원에서 기거하는 것은 법도에 어긋나는 일이옵니다. 그러니 제발 승광별원에서 나와 생활하게 허락하여 주십시오."

"이것 보시오, 대사! 내 앞으로 종종 대사를 모셔다가 법문을 듣고자 하니 아무런 말씀 마시고 승광별원에 그대로 계셔야 할 것이오!"

 자장율사의 법문을 듣고 크게 감동을 받은 당나라 태종은 한사코 승광별원을 떠나게 해달라는 자장율사의 간청을 겸양지덕으로만 여기는 것이었다.

 "하오나 황제폐하, 소승이 더이상 승광별원에 머무는 것은 출가수행자의 도리가 아니오니 통촉하여 주시옵소서."

 "이것 보시오, 대사. 불가에는 불가의 법도가 있듯이 나라에는 나라의 법도가 있는 법, 천자인 내가 대사를 종종 만나고 싶어 승광별원에 계시라고 한 것이니, 그리 아시오!"

 자장율사는 다시 당태종에게 간청을 하였다.

 "아니옵니다, 황제폐하! 소승은 어디에 머물고 있건간에 폐하의 분부가 계시오면 언제라도 황급히 달려올 것이옵니다."

 "이것 보시오, 대사. 대사가 아무리 황급히 달려온다 하더라도 왕궁 옆에서 오는 것이 빠르겠소, 아니면 저 천 리나 떨어진 산에서 오는 것이 빠르시겠소?"

 "소승 결코 천 리 밖까지는 가지 아니할 것이오니……"

 당태종은 자장율사의 말은 듣지도 않았다.

 "그 얘기는 이제 그만 하시고, 승광별원에 유하도록 하시오."

 "말씀드리기 황송하오나……"

 "허허, 이거 대사께서 겸양이 지나치시오! 천자인 내가 대사를

승광별원에 유하라 함은 바로 국법이오!"

당나라 태종의 뜻이 이러했으므로, 자장율사는 별 수 없이 더 이상은 다른 말을 못하고 물러나와 다시 승광별원에 머물게 되었다.

그런데 그런 일이 있은 뒤에도, 당나라 태종은 행여라도 부족한 점이 있을까, 행여라도 불편한 점이 있을까 염려한 나머지 온갖 진귀한 옷감과 보물을 자장율사에게 자꾸 보내 주는 것이었다.

자장율사로서는 더더욱 심기가 불편해서 도저히 견딜 수가 없었다.

하루는 자장율사가 바깥에 있던 중국 하인을 불렀다.

"이것 보시게! 밖에 누구 계시는가?"

"예, 소인 대령하고 있사옵니다."

"허면, 잠시 방 안으로 들어 오시게."

"예."

하인이 방 안으로 들어왔다.

"분부 내리시지요, 대사님."

"황제폐하께서 보내오신 물건이 대체 무엇무엇이던고?"

"예, 갖가지 값진 비단과 호박, 수정, 비취등 갖가지 보물인 줄로 아옵니다."

"출가 수행자에게는 아무 소용이 없는 것이니 어서 왕궁으로 그만 되돌려 보내도록 하시게."

그러나 하인의 태도는 단호했다. 그는 조금도 머뭇거리지 않고 이렇게 말하는 것이었다.

"아니 되시옵니다."

"아니 되다니?"

"만일 황제폐하께서 하사하신 보물을 되돌려 보내시면, 이는 지엄하신 황제폐하의 뜻을 거역하는 일이요, 국법을 어기는 일이 될 것이옵니다."

"국법을 어기는 일이 된다?"

"황제폐하로부터 하사품을 받는 것은 자자손손 가문의 광영된 일이거늘 만일 이를 물리치는 경우에는 불충의 죄를 면치 못할 것이옵니다."

"알겠네. 그러면 이렇게 하도록 하시게."

"예. 분부 내리십시오, 대사님."

"윗방에 쌓아둔 비단과 보물들은 이 승광별원에 봉직하고 있는 모든 별직들에게 골고루 다 나누어 주도록 하시게."

하인은 눈이 휘둥그레져서 두 손을 저어가며 말했다.

"예에? 아이구 대사님, 큰일 날 말씀이시옵니다요."

"대체 무엇이 큰일 날 소리란 말이던가?"

"아이구 대사님, 그런 말씀 두 번 다시 하시지 마십시오. 황제폐하께서 대사님을 위해 친히 내리신 하사품을 대사님께서 소중히

여기지 아니하시고 이 승광별원 별직들에게 다 나누어 주었다고 하면 그야말로 저희들은 단 한 사람도 살아남지 못할 것이옵니요."

"허허, 이것 참! 아니 그러면 되돌려 보내지도 못한다, 나누어 주지도 못한다, 대체 그러면 저 비단과 보물들을 어찌 하란 말이던고?"

"그, 그야 대사님께서 용채로 쓰시던지, 아니시면 나중에 승광별원을 떠나실 적에 가지고 가셔야지요."

"알았네. 그러면 우선 내가 용채로 써야겠으니 윗방에 들어가서 비단 한 필을 가져오도록 하시게."

"예, 분부대로 하겠습니다."

이윽고 스님의 시중을 들던 하인인 별직이 값진 비단 한 필을 꺼내들고 와서 스님 앞에 내려 놓았다.

그것을 가만히 바라만 보시던 자장율사는 조용히 별직을 불렀다.

"자네 말일세."

"예, 대사님."

"식솔이 대체 몇 명이나 되던고?"

"예, 노모님 한 분하고, 처하고, 여식이 둘에 자식이 하나이옵니다."

"그러면 아녀자 식구가 넷이나 되는구먼 그래?"
"예……? 아, 예. 그런 셈입지요."
"내 그럼 이 비단 한 필을 자네에게 줄 것이니……"
별직이 눈을 동그랗게 뜨고 자장율사를 쳐다보았다.
"예에?"
"집으로 가지고 가서 노모님부터 옷 한 벌 지어드리도록 하고, 나머지는 부인과 따님들 옷을 해 입히도록 하시게."
"아이구 대사님, 아니 되십니다요. 소인같은 말단 별직이 감히 어찌 이런 값진 비단을 손이나 댈 수 있겠습니까요?"
"이것은 내가 분명히 용채로 주는 것이니 아무 염려말고 가지고 가시게."
"아이구, 대사님……"
별직은 목이 메어 끝내 말을 잇지 못했다.

7
양상군자

　자장율사는 당나라 태종의 분부대로 승광별원에 머물면서, 당태종이 하사한 값진 비단과 보물을 승광별원에 봉직하고 있던 가난한 별직들에게 하나하나 나누어 주고 있었다.
　그런데 자장율사가 값진 재물을 가난한 별직들에게 나누어 준다는 소문이 은밀하게 번지고 번지자 급기야 자장율사의 방에는 온갖 진귀한 보물이 가득 들어있다 하여 도둑까지 들게 되었다.
　하루는 저녁에 자장율사가 밖에 나갔다 돌아와 보니 낌새가 이상한지라 모르는 척하고 자리에 누워 살펴보자니까 방안 대들보 위에 도둑이 찰싹 달라붙어 숨어 있는 것이 아닌가!
　자장율사는 모르는 척하고 일어나 앉아 등잔불을 밝혀놓고는 아무도 없는 방안에다 대고 혼잣소리처럼 말을 꺼냈다.
　"이것 보시게, 양상군자! 양상군자라니, 누구냐구? 아, 이 사람아! 대들보 양자, 윗 상자, 대들보 위에 찰싹 달라붙어 숨어 있으면 그게 바로 양상군자지 누군 누구겠는가? 자네가 양상군자지. 허허, 이 사람 나이도 많지 아니한 터에 벌써부터 귀가 어두운가, 이 사람 양상군자!"

도둑은 무섭기도 하고 기가 막히기도 하였다. 그래서 대들보에 그대로 달라붙은 채 떨리는 목소리로 말했다.

"아이구 대사님, 죽을 죄를 지었으니 목숨만 살려 주십시오."

"허허허허…… 그러구 보니 자네, 귀는 아주 밝으시구면 그래?"

"아이구 대사님, 제발, 제발 목숨만 살려주십시오, 대사님."

"어서 내려와서 인사부터 여쭙는 것이 나그네가 주인에게 갖춰야 할 예법이 아니겠는가?"

"아이구, 예. 내려가서 백 배 사죄를 올릴 것이오니, 제발 목숨만은 살려 주십시오."

"조심해서 내려 오시게. 자칫해서 굴러 떨어지면 평생 불구가 되는 법이야."

"아이구, 예. 살려 주십시오, 대사님. 죽을 죄를 지었사옵니다."

도둑은 대들보에서 내려온 후, 거친 숨을 몰아쉬며 그저 손발이 닳도록 잘못을 비는 것이었다.

"대체 자네는 무엇 하던 사람이던고?"

"예, 성문 밖 마을에서 농사를 짓던 농부이옵니다요."

"허면 식솔은 대체 몇이나 되는가?"

"예, 위로는 병든 노모님과 전쟁터에 나갔다가 불구가 되어 돌아온 형님이 둘이옵고, 과년한 누이 동생이 셋에 철없는 사내 동생이 또 둘이나 되옵니다요."

"아내는 아직 두지 아니했는가?"

"예. 내리 두 해째 가뭄으로 흉년이 들었으니 지금 있는 식솔들 입에도 풀칠하기가 어려운 터라 감히 장가들 생각은 하지도 못했습지요."

"병든 노모님이 계시다고 그랬는데 대체 어디가 어떻게 편찮으시던고?"

"예. 하루에 한 끼조차 제대로 잡숫지 못하신 지가 근 2년이 다 되었습니다요. 그래서 생긴 병인 줄로 아옵니다요."

"그래, 이 방에는 대체 어떻게 들어왔던고?"

"아이구 죽을 죄를 지었습니다요, 대사님. 이 대사님 방에는 금은보화가 가득하다는 소문을 듣고 기회를 엿보다가 별직들이 밥 먹는 틈을 타서 초저녁에 숨어 들어 왔습니다요."

"그래 순라군들에게 들키지도 아니했단 말이던가?"

"예. 보시다시피 이렇게 검은 옷을 입고 네 발로 기어 왔으니, 순라군들도 미처 보지 못했습지요."

"그래 값진 물건은 대충 다 챙겨서 보따리에 싸 두었는가?"

"죽을 죄를 지었습니다요, 대사님. 제발 목숨만 살려 돌려 보내 주시면 다시는 나쁜 짓을 하지 않을 것이오니, 제발, 제발 이번 한 번만 살려 주십시오."

자장율사는 한동안 두 눈을 지그시 감으신 채, 살려만 달라는 도둑의 애원을 듣고만 있는 것이었다.

도둑은 더욱 애가 닳아서 손이 발이 되도록 싹싹 빌고 또 빌었다.

어느덧 멀리서 야경꾼들의 딱딱이 소리와 개짖는 소리가 들려오는 것이었다.

"저 소리가 무슨 소리인지 알고 있는가?"

"예, 순라군이 야경을 도는 소리입니다요. 살려주십시오, 대사님."

자장율사는 조금 더 뜸을 들인 뒤 도적의 얼굴을 가만히 쳐다보았다.

"내가 자네에게 다섯 가지 계를 내릴 것이니, 이를 평생 지키겠다고 약조를 하면 살려줄 일이로되……."

자장율사의 말이 채 끝나기도 전에 도적은 연거푸 머리를 조아리며 말했다.

"예, 무엇이든 대사님 시키시는대로 다 지키겠습니다요. 살려만 주십시오."

"생명을 해쳐서는 아니될 것이며, 도적질을 해서도 아니될 것이요, 거짓말을 해서도 아니될 것이요, 삿된 음행을 해서도 아니될 것이며, 술을 마셔서도 아니될 것이니, 이 다섯 가지를 평생 지키겠는가?"

"예, 대사님. 평생토록, 평생토록 지킬 것이오니 목숨만 살려주십시오."

자장율사는 도적이 꾸려놓은 보따리를 가리켰다.

"저 보따리를 들고 일어서시게."

"예에? 아니, 대사님?"

도적이 어리둥절해서 멍하니 앉아있자, 자장율사가 큰소리로 다시 말했다.

"어서 자네가 챙겨둔 저 보따리를 들고 나를 따라 나오란 말일세."

"아니, 스님……?"

자장율사는 도적이 일어날 기미를 보이지 않자 방문을 열고 휑하니 앞장서서 밖으로 나가는 것이었다.

도적은 어찌 할 바를 모르고 그저 스님의 뒷모습만 쳐다보고 있었다.

자장율사가 다시 소리쳤다.

"어서 따라 나오라는데 뭘 꾸물거리고 서 있는가?"

그제서야 제정신을 차린 도적이 자리에서 벌떡 일어섰다.
"아, 예. 대사님……."
밖으로 나온 자장율사는 두리번거리며 하인을 찾았다.
"거기 누구 없으신가?"
"예, 소인 여기 대령하고 있사옵니다."
하인이 뛰어오자 자장율사가 도적을 가리키며 하인에게 말했다.
"여기 내 손님이 나가시니 문 밖까지 잘 모셔다 드리고 오도록 하게!"
자장율사의 말에 도적은 감격하여 땅바닥에 넙죽 엎드렸다.
"대사님!"
"내가 준 물건 잘 가지고 가서 병든 노모님 잘 봉양하시게."
스님의 다정한 말씀에 땅바닥에 엎드린 도적이 기어이 울음을 터뜨리고 말았다.

자장율사는 자신의 처소에 도적이 숨어 들어온 일을 당한 후, 크게 생각한 바가 있었다.
자장율사의 귀에는 마치 부처님의 꾸짖는 목소리가 들리는 듯 했다.
'자장은 듣거라. 내 일찍이 비구들에게 엄히 일렀거니와 무소유

를 근본으로 삼고, 정진 수행을 생명으로 삼으라 했거늘 감히 어찌 출가 수행자가 호사스런 별원에 기거하며 더위와 추위를 알지 못한 채 배불리 먹고 편히 잠자며, 수행 정진에는 게으름을 피우면서 하루하루를 허송세월 하는고!

또한 나는 일렀거니와 무릇 출가 수행자는 금은 보화를 지니지 말라고 하였거늘 감히 어찌 출가 수행자가 권세있는 황제의 은총이나 받으면서 값진 보화를 쌓아두고 도적을 불러들인다는 말이던고?

오호, 이것은 수치로다, 수치로다. 우리 불가의 수치로다!'

"그렇사옵니다, 부처님이시여! 소승이 잠시 제 정신을 잃고 수행 정진에 방일했사옵고, 소승 잠시 부처님의 계율을 망각한 채 불가의 법도를 어겼나이다. 호사스런 승광별원에 기거한 죄, 배불리 먹고 편히 잠자고 수행을 게을리 한 죄, 값진 보화를 쌓아놓고 도적을 불러들인 죄, 권세를 가까이 하고 중생들을 멀리한 죄, 참회하옵고 참회하옵니다. 용서하옵소서."

자장율사의 귀에는 다시금 부처님의 목소리가 들리는 듯 하였다.

'모든 생물에 대해서 폭력을 쓰지말고, 괴롭히지 말며, 자녀를 갖지말고 친구를 갖지말며, 무소의 뿔처럼 혼자서 가라!

가까이 사귄 사람끼리는 사랑과 그리움이 생긴다. 사랑과 그리움에는 괴로움이 따르게 마련이니 무소의 뿔처럼 혼자서 가라.

친구를 동정한 나머지 마음이 얽매이면 큰 해를 입나니, 무소의 뿔처럼 혼자서 가라.

탐내지 말고, 속이지 말 것이며, 갈망하거나 남의 덕을 허물지도 말고 혼탁과 미혹에서 벗어나 이 세상의 온갖 애착을 버리고 무소의 뿔처럼 혼자서 가라.

세상의 놀이와 환락을 즐기지 말 것이며 사치와 허식을 버리고 무소의 뿔처럼 혼자서 가라.

의롭지 못한 일에 사로잡히지 말 것이며 그릇된 일에 빠지지 말고 무소의 뿔처럼 혼자서 가라.

소리에 놀라지 않는 사자와 같이, 그물에 걸리지 않는 바람과 같이 무소의 뿔처럼 혼자서 가라.

혼자서 가라.

혼자서 가라!'

자장율사는 그날 밤, 먹을 갈아 당나라 태종에게 전해 올리는 상표문을 쓰기 시작했다.

"황제폐하께 신라의 중 자장이 삼가 올리나이다. 사생의 자부이

신 우리 부처님께서 일찍이 제자들에게 이르시기를, 음식은 배를 주리지 않을 정도로 만족해야 할 것이요, 옷은 살갗을 가릴 정도로 만족해야 할 것이며, 거처는 비바람을 피할 수만 있으면 그것으로 족하다 하셨사옵니다.

허나 이 어리석은 중, 부처님의 당부를 망각한 채 황제폐하의 분에 넘치는 은총을 입어 호사스런 나날을 보내고 있었습니다. 이는 부처님의 계율을 어긴 죄가 실로 막중하다 할 것이옵니다.

그래서 이 어리석은 중, 뒤늦게나마 크게 깨닫고 부처님께 참회하고 또 참회하면서 황제폐하의 은혜를 저버린 채 이 부족함 없는 승광별원을 떠나 한적한 산속에서 그동안 못다한 수행에 전념코자 하오니 헤량하시옵소서."

자장율사는 당나라 태종에게 전해 올리는 상표문을 써놓고 나서 그동안 소중히 간직해온 부처님의 가사 한 벌과 진신사리를 조심스럽게 챙겨 걸망을 꾸렸다.

그리고 그 다음 날 아침 날이 밝자마자 하인을 불렀다.

"부르셨사옵니까, 대사님?"

"그래, 내가 불렀네."

"분부 내리십시오, 대사님."

"내가 오늘 먼 길을 좀 다녀와야겠으니 그리 아시고, 한 가지 부탁이 있네."

"예, 말씀하십시오."

"내가 오늘 이 승광별원을 떠난 뒤, 사흘이 되어도 돌아오지 아니하거든 저기 저 탁자 위에 서찰 한 통을 써 두었으니 저 서찰을 왕궁에 전해 올리도록 하시게."

하인이 걱정스런 얼굴로 자장율사를 쳐다 보았다.

"대체 어디를 다녀오실 작정이시온데, 이런 말씀을 남기시는 것이온지요?"

"출가 수행자가 절간을 떠나온 지 오래 되고 보니 절간 생각이 간절해서 그러니, 그리 아시게."

"하오시면 어느 사찰로 가시는 길이시온지요?"

"그건 내가 나가봐야 알겠네마는 중이 절간 찾아가는 거야 동서남북 어디면 무슨 상관이겠는가? 발길 닿는대로 아무 절간이나 다녀올 것이니, 그리 알고 계시게."

하인은 자장율사의 말에 안심이 안되는듯 말을 이었다.

"하오나 대사님께서 문밖 출입을 하실 적에는 반드시 저희들이 모시도록 되어 있사옵니다."

"그건 나도 알고 있네만 이번만은 나 혼자 다녀오고 싶으니, 자네는 모르는 일로 해두시게나. 그럼 나 잠시 다녀 오겠네."

자장율사는 그 말을 끝으로 휑하니 저만큼 가는 것이었다. 하인

은 다급해져 종종걸음으로 따라나섰다.

"아이구 이거 큰일 났네. 대사님, 대사님, 대사니임—."

8
때 아닐 적에는 먹지 말라

외국의 귀한 귀빈만을 특별히 모시는 승광별원을 떠난 자장율사는 그길로 당나라 서울 장안을 벗어나 수십 리를 걸은 끝에 종남산 운제사를 찾아들게 되었다.

"지나가던 객승, 문안드리옵니다."

자장율사가 몇 번을 아뢰자, 방문이 열리며 한 승려가 나오는 것이었다.

"어디서 오시는 길이시온지요?"

"예, 소승 장안에서 오는 자장이라 하옵니다."

"멀리서도 오셨소이다 그려. 어서 들어 오십시오."

"고맙습니다. 하온데 이 절이 바로 종남산 운제사인지요?"

"바로 찾아 오셨소이다마는 그러면 지나가던 길이 아니시고, 우리 운제사를 일부러 찾아오셨단 말씀이십니까?"

"소승 진작부터 화엄경을 공부했사온데, 듣자하니 바로 이 종남산 운제사에서 두순스님이 화엄종을 개창하셨다 하기로 그래서 찾아왔습니다."

"그러셨지요. 우리 두순스님께서 화엄종을 개창하시고, 이 절에서 열반하셨는데 훗날 이 종남산에 다시 태어나셨다 하여 그 이름이 널리 알려졌습니다."

운제사 승려의 설명에 자장율사는 고개를 끄덕였다.

"유서 깊은 산, 큰 스님이 계시던 절을 찾아뵙게 되어 큰 광영인가 하옵니다."

"화엄경을 공부하셨다 하니 반갑기 그지 없습니다. 어서 안으로 들어 가십시다."

그러자 자장율사는 선뜻 따라 들어가지 않고 먼저 승려에게 허락을 받는 것이었다.

"소승 이 운제사에 머물며 두순스님이 개창하신 화엄학을 공부하고자 하는데, 허락해 주시겠습니까?"

"원 그 무슨 그런 말씀을요! 옛부터 부처님 제자는 일불제자라 하였습니다. 더더구나 스님께서는 화엄학을 공부하셨다 하니 이는 우리 화엄종의 한 집안 식구이거늘, 감히 어찌 반기지 아니 할 수가 있겠습니까?"

"그리 말씀해 주시니 참으로 부처님의 은혜가 지극하신 줄로 아옵니다."

"자, 자, 아무 염려 마시고 일 년이든 십 년이든 마음 편히 지내도록 하십시오."

"참으로 고맙습니다."

이때 자장율사가 종남산 운제사에서 처음 만난 중국스님은 도선스님이었으니, 훗날 중국에서도 유명한 도선율사가 바로 이 스님이었다.

이 도선스님이 훗날 속고승전을 저술하면서 이 책 속에 자장율사의 이야기를 자세히 기록해 놓아 오늘날 우리에게 좋은 자료를 제공해 주고 있는 것이다.

그런데 자장율사가 처음 종남산 운제사에 당도한 바로 그날 저녁 나절의 일이다.

"자장스님, 누워계시옵니까?"

"아, 아닙니다. 경을 좀 보고 있는 중입니다."

도선스님은 자장율사의 방문을 열었다.

"어서 나오셔서 공양을 들도록 하십시오."

"…… 공양이라니요?"

"저녁 공양을 드셔야지요."

"소승은 저녁 공양을 들어본 적이 없사오니, 스님이나 들도록 하

시지요."

"아니, 저녁 공양을 들지 아니하신다면?"

"소승같이 어리석은 중은 그저 부처님 계율 지키는 것을 큰 즐거움으로 여기고 있습니다. 그래서 오후 불식을 지켜오고 있을 뿐이라…… 조금도 괘념치 마시고 스님이나 어서 가셔서 드시도록 하십시오."

도선스님은 자장율사를 쳐다보며 묻는 것이었다.

"부처님 계율에 참으로 오후 불식을 일러놓으셨는지요?"

"예. 때 아닐 적에는 결코 먹지 말라 엄히 이르셨습니다마는……"

"하오나 어리석은 소승의 생각으로는 부처님의 말씀과 부처님의 선정만 잘 닦으면 되는 것이 아닌가 했었습니다만, 자장스님의 생각은 과연 어떠하신지요?"

"글쎄올습니다. 소승의 생각으로는 부처님의 마지막 당부 말씀이 계율을 철저히 잘 지키라는 것이었으니, 그 제자된 사람은 마땅히 부처님의 계율을 잘 지키는 것이 도리가 아닌가 합니다."

운제사의 도선스님은 자장율사를 쳐다보며 고개를 끄덕였다.

"부처님의 마지막 당부를 알고 계시면 소승에게도 가르쳐 주십시오."

"부처님께서는 열반에 드시기 전에 마지막으로 이렇게 당부하셨습니다.

'내가 열반에 든 뒤에는 계율 지키기를 어둠 속에서 빛을 만나듯이, 가난한 사람이 보물을 얻은듯이 해야 한다.

계율은 너희들의 큰 스승이요, 내가 세상에 더 살아 있더라도 이 계율과 다를 것이 없다.

청정한 계율을 지닌 사람은 물건을 사고 팔지 말 것이며, 집이나 논밭을 소유하지 말 것이며, 하인을 부리거나 짐승을 기르지 말라.

재물을 멀리 하고, 약을 만들지 말 것이며, 점을 치거나 예언하지 말라.

몸을 바르게 갖고, 일정한 때를 정해 음식을 먹을 것이요, 때 아닐 적에는 결코 먹지 말라.

권세있는 자를 사귀어 백성을 업신여기지 말 것이며, 바른 마음으로 남을 구제하라.

만일 너희들이 청정한 계율을 지녀 잘 지키면 법을 얻을 수 있지만, 계율을 지키지 아니하면 결코 바른 법을 얻지 못할 것이다.' 이렇게 말씀하셨습니다."

자장율사가 부처님의 말씀을 전하자, 도선스님은 느끼는 바가 큰 것 같았다.

"……잘 알았습니다. 그러면 소승도 오늘부터는 자장스님을 따라 오후 불식을 하겠습니다."

이 당시 자장율사는 중국 승려 도선스님보다도 십여 년이나 연상이었으므로 자장율사와 도선스님이 만났을 무렵에는 도선스님이 자장율사를 깍듯이 떠받들고 예우하였다.

도선이 나중에 쓴 속고승전을 보더라도 자장율사를 극진히 예우하여 기록하고 있다.

또한 중국의 도선스님은 훗날 중국 율종의 개창자가 되었는데, 도선율사가 중국 장안성 밖 정업사에 계단을 설립한 것은 서기 667년이요, 우리의 자장율사가 우리나라 경상도 통도사에 금강계단을 세운 것은 서기 646년의 일이니 자장율사의 계단이 무려 이십 일 년이나 앞서 있다.

이러한 여러 가지 정황으로 보아 우리나라의 자장율사가 중국 승려 도선율사에게 부처님의 계율을 가르쳐 주었다고 보는 것이 옳겠다.

자장율사가 중국 종남산 운제사에 머물고 있는 동안, 도인 스님이 운제사에 계신다는 소문이 인근에 퍼지는 바람에 자장율사의 법문을 들으러 오는 사람이 승속간에 부지기수였다.

하루는 웬 남자가 자장율사를 찾아와서는 막무가내로 애원하는 것이었다.

"대사님께 아뢰옵니다. 이 불쌍한 백성을 좀 살려주십시오."

"대체 무슨 일이시기에 이 늙은 중을 찾아 오셨단 말씀이시오?"

"예, 소인은 3대 독자 아들 하나를 두었사온데, 지난 여름 마을 앞 웅덩이에 미역을 감으러 갔다가 그만 그 아들이 죽고 말았사옵니다."

자장율사는 혀를 끌끌 찼다.

"허허, 저런!"

"그 일을 당한 후로는 소인은 먹어도 먹은 것 같지 아니하고, 술을 마셔도 마신 것 같지가 아니해서 참으로 살고 싶은 마음이 티끌만큼도 없사오니 대체 이 어리석은 백성은 어찌하면 좋겠사옵니까?"

"허면 내가 물을 것인즉 대답하도록 하시오."

"예."

"대체 금년에 춘추가 얼마나 되셨소이까?"

"제 나이 말씀이시옵니까? 올해로 갓 마흔이옵니다요."

"허면 삼십 년 후에는 몇이 되시겠는지 아시겠소?"

"그, 그야 삼십 년 후에는…… 일흔이 되겠습지요."

"그때까지 살아 있을 자신은 있으신 게요?"

그 남자는 자장율사의 얼굴만 쳐다보며 대답을 바로 못하는 것이었다.

"일흔 살까지는 살아 있을 것이냐구요? 그, 그야 살아보아야 알 일이겠습니다마는……"

"허면 여든 살, 아흔 살까지는 살 수 있으시겠소이까?"

"그, 그야 살기 힘들 것이옵니다요. 일흔 살까지 사는 것도 희귀한 일이니까요."

"허면 사람이 죽어서 땅 속에 묻히면 대체 어찌 되는 줄은 알고 계시는 게요?"

"그, 그야 썩어서 흙이 되겠습지요."

"바로 알고 계십니다 그려. 사람은 누구나 다 죽게 되어 있는 법. 일찍 가고 늦게 가고, 길에서 가고, 물에서 가고, 산에서 가고, 집에서 가고, 그 차이 밖에는 다른 것이 없으니 댁이나 나, 저 많은 세상 사람들이 다 백 년 후에는 흔적조차 없어질 것이오. 그렇지 아니하겠소?"

그 남자는 더듬거리며 대답했다.

"그, 그야 그렇겠습지요. 천하의 영웅호걸도 천하의 항우장사도 다 죽었으니 말씀입니다요."

"변고를 당해서 죽건, 싸움터에서 죽건, 늙고 병들어 죽건, 결국은 모두 다 이 세상 떠날 사람들이니 먼저 헤어진다고 해서 슬퍼할 일이 아니요, 늦게 간다고 해서 기뻐할 일도 아니니, 이 이치 한 가지를 제대로 알면 슬퍼할 일도 기뻐할 일도 없어지게 될 것이오."

자장율사는 자신의 설법을 듣고자 몰려드는 사람들로 해서 다른 승려들의 공부에 방해가 되자, 하루는 도선스님을 불러 의논을 하였다.

"부르셨습니까, 스님?"

"이거 아무래도 내가 이 운제사에 있어가지고는 스님들 공부하는데 큰 방해가 될 것 같으니 내가 자리를 옮겨야겠소이다."

"아, 아니옵니다요 스님, 스님의 법문을 듣는 것도 좋은 공부가 되오니 조금도 괘념치 마시고 감로 법문을 많이많이 설해 주십시오."

"아니오. 내가 아무래도 저 동쪽 묏부리에 들어가 석굴살이를 해야겠으니 그리 아시오."

자장율사는 그 길로 걸망을 챙겨 짊어지고 운제사 동쪽 묏부리에 들어가 바위돌을 의지하여 수행을 하기 시작했다.

그러나 찾아오는 사람은 여전히 끊이지를 아니했으니 스님은 이 바위굴에 머무는 3년 동안 수없이 많은 중생들을 제도하였다.

9
부처님의 가사 한 벌과 진신사리

 자장율사가 이 종남산 운제사 동쪽 바위굴에 3년째 머물고 있을 때의 일이다.
 운제사의 도선스님이 자장율사를 찾아왔다.
 "스님, 스님, 어서 좀 나오셔야겠습니다요."
 "무슨 일이신데 이러시는 게요?"
 "황제폐하께서 백방으로 수소문하여 자장스님을 찾고 계신다 하옵니다요."
 "무슨 일로 말씀이오?"
 도선스님은 황급히 오느라 숨이 찼던지, 길게 숨을 토해 냈다.
 "자세히는 모르옵니다마는…… 어느 사찰이든 신라에서 오신 자장율사님을 뵈옵거든 지체없이 장안으로 모시라는 어명이 내려졌다 하옵니다. 그러니 스님께서는 어서 장안으로 들어가심이 옳은 줄로 아옵니다."

자장율사는 3년 여동안 머물고 있던 종남산을 떠나 다시 당나라 서울 장안으로 들어가서 당나라 태종을 만나게 되었다.

"참으로 잘 오셨소이다, 대사! 그래 그동안 어디에 계셨기에 그리도 종적이 묘연했단 말이시오?"

"황송하옵니다. 소승은 그동안 종남산 운제사 동쪽 묏부리에 은거하며 불도를 닦고 있었사옵니다."

"원 저런! 종남산에 계신 걸 모르고 온 천하를 시끄럽게 했소이다, 그려."

"참으로 황송하옵니다. 하온데 황제폐하께서는 어쩐 연유로 소승을 찾으셨사온지요?"

"귓속에 쏙쏙 들어오는 대사의 법문도 듣고 싶었으려니와 내가 긴히 대사와 의논할 일이 있어서 찾았소이다."

"소승 이렇게 대령했사오니 하문하시옵소서."

"내, 대사에게 친히 몇 가지 물어볼 말이 있소."

"예."

당나라 태종은 자장율사의 안색을 살피며 말했다.

"조금도 걱정하지 마시고 숨김 없이 말해 주시오."

자장율사는 무슨 일이기에 당나라 태종이 이러는지 궁금했다.

"감히 어느 자리라고 숨김이 있겠습니까?"

"대사가 우리 당나라에 건너온 까닭은 과연 무엇이었소이까?"

"전에도 말씀을 올린 바와 같이 소승은 오직 부처님의 정법을 구하고자 건너온 것이옵니다."

"틀림이 없으시오?"

"예. 말씀 올린 그대로입니다."

"허면, 대사는 신라 조정의 미움을 받은 일은 없으시오?"

"무슨…… 말씀이시온지요?"

자장율사는 당태종이 무슨 까닭으로 그러는지를 알 수가 없었다.

"이를테면 신라 여왕의 비위를 거스른 일이나, 왕족이나 귀족들과 사이가 나빴거나, 그런 일은 없었느냐는 말이오."

"아, 아니옵니다. 소승은 출가 수행자의 신분이거늘 어찌 그런 세속사에 연루가 되겠습니까?"

자장율사의 대답에 당태종은 고개를 갸우뚱하는 것이었다.

"그래 신라 조정의 미움을 받을만한 일은 결코 없었다는 말이시오?"

"예. 맹세코 그러하옵니다."

"그렇다면 우선 안심이오마는 신라 조정에서 대사를 화급히 환국시켜 달라는 간청이 들어왔기에 이상히 여겨 물은 것이오."

자장율사가 다시 물었다.

"소승을 화급히 환국시켜 달라는 간청이 들어왔다구요?"
당태종은 자장율사에게 신라에서 온 편지를 건네 주었다.
"그렇소. 자, 대사가 직접 이 칙서를 보도록 하시오."
자장율사는 고국 신라의 선덕여왕이 당나라 태종에게 보낸 글월을 받아보았다.

'아국 신라의 승려 자장이 부처님의 정법을 구해오겠다 하고 당나라로 건너간 지 무려 7년이 되었사오나, 환국치 아니하기로 우리 신라 조정에서는 승려 자장의 화급한 환국을 황제폐하께 앙청 올리오니 황제폐하께서는 부디 이를 허락해 주시옵소서.'

"어떻소? 어디 마음에 걸리는 데가 없으시오?"
"예."
당태종은 그래도 마음이 놓이지 않는지 자장율사에게 다시 묻는 것이었다.
"다른 나라에 나가 있는 사신이나 선비를 화급히 불러들일 적에는 불길한 일이 기다리고 있는 경우가 많은지라 내 그래서 걱정이 되어 하는 말이오."
"아니옵니다. 소승은 결코 그런 일과는 무관하옵니다."
"허면 대사는 기꺼이 신라로 돌아가시겠소이까?"

"나라에서 환국하기를 바라신다면 마땅히 돌아가는 것이 백성된 도리인 줄로 아옵니다."

"그래요? 대사의 뜻이 정녕 그러하시다면 내 기꺼이 대사의 환국을 허락할 것이오."

"성은이 망극하옵니다."

"허면 흥복사에서 대사의 환국을 기념하는 큰 법회를 베풀도록 할 것이니 대사께서는 좋은 법문이나 들려주고 가도록 하시오."

"성은이 망극하옵니다."

당나라 태종이 자장율사를 위해 환송법회를 열게 하니, 당나라 서울 장안에 있는 흥복사에서 당대 중국의 고승 수백 명이 모여 큰 법회를 열어 주었다.

이때 당나라 태종은 환국하는 자장율사에게 비단과 옷감, 그리고 많은 보물을 특별히 하사하였고, 당나라 동궁이 옷감 이백 필을 따로 선물하였다고 옛 기록은 전하고 있다.

그리고 이때 자장율사는 신라로 돌아오기 전에, 당대 중국 최고의 선지식이었던 원향선사에게 작별 인사를 드리게 되었다.

"내일 모레 배를 타고 돌아가신다구요?"

"예. 그동안 베풀어주신 가르침은 두고두고 잊지 아니할 것이옵니다."

"헌데, 신라 서울에는 황룡사라는 큰 가람이 있다고 그러셨지요?"
"예, 그러하옵니다."
"돌아가시거든 바로 그 황룡사에 구층탑을 세우도록 하시오!"
자장율사는 깜짝 놀랐다.
"황룡사에 구층탑을 세우라구요?"
원향선사는 고개를 끄덕였다.
"황룡사에 구층탑을 세우면 해동 여러 나라가 머지 아니해서 신라에 예물을 바치게 될 것이오."
자장율사는 고개를 갸우뚱거리며 원향선사를 쳐다보는 것이었다.
"이상한 일이옵니다요, 스님."
"이상하다니요?"
"소승이 태화지 근처를 지나오다가 똑같은 말씀을 들은 일이 있었사온데, 오늘 다시 스님께서 구층탑을 세우라 하시니……."
원향선사는 자장율사의 질문에는 아무런 대꾸가 없었다.
그리고는 다시 당부를 하는 것이었다.
"구층탑을 세우고 나면 국운이 융창하고 백성이 두루 평안할 것이니, 그리 하도록 하시오!"
자장율사도 원향선사에게 더 이상 묻지 않았다.
"예 스님, 명심하겠습니다."

 자장율사는 당나라 태종이 내려준 불상과 불경, 그리고 가사와 값진 보물들을 배에 가득 싣고 신라로 돌아오게 되었다.
 이때 자장율사가 소중하게 모시고 온 보물 두 가지가 더 있었으니, 그것은 바로 오대산에서 누더기를 걸친 노스님으로부터 전해 받은 부처님의 가사 한 벌과 일백 과의 부처님 진신사리였다.
 자장율사가 당나라 유학을 마치고 신라로 돌아온 것은 선덕여왕 12년, 서기로는 643년 3월 열엿샛 날의 일이었다.
 자장율사가 돌아오자, 선덕여왕은 크게 기뻐하며 왕궁으로 모셨다.
 "어서 오십시오. 대사님. 기다리고 있었습니다."
 "소승, 자장은 성은을 입어 당나라 유학을 마치고 무사히 환국하였음을 삼가 아뢰옵니다."
 "이역만리 타국 땅에서 장장 7년 세월을 보내셨으니, 그동안 고생이 많으셨겠지요?"
 "아, 아니옵니다. 소승 자장은 부처님의 보살피심과 여왕마마의 은덕을 입어 별 고생 없이 잘 지내다 돌아왔사옵니다."
 "대사께서 아니 계시는 동안 온 나라가 적막강산처럼 허전하더니, 이제 대사께서 돌아오시매 온 서울 장안에 생기가 도는 듯 합니다."
 "과찬의 말씀이시옵니다. 소승 몸 둘 바를 모르겠사옵니다."

"그동안에도 국통스님이 이 나라 불교를 이끌어 왔습니다만, 이제부터는 자장대사를 대국통으로 모실 것이니 부디 이 나라와 백성을 두루 평안케 이끌어 주도록 하시오!"

"성은이 망극하옵니다."

"그리고 대사께서는 이제 산속으로 들어가지 마시고, 분황사에 가까이 계셔 주십시오."

"예, 분부대로 따르겠사옵니다."

선덕여왕은 자장율사를 잠시 쳐다보더니, 조심스레 입을 열었다.

"헌데, 대사께서는 국운이 융창하고 백성을 평안케하는 부처님의 묘방이라도 배워오셨는지, 그것이 궁금합니다."

"예. 소승, 차차 자세한 계획을 세워 말씀을 올릴 것이옵니다마는 안으로는 승단의 규범을 세워 백성들이 존경하고 따르게 할 것이며, 사람마다 보살계를 받아 지니게 하여 세상을 조용하고 편안케 할 것이요, 밖으로는 황룡사 경내에 구층탑을 세우고 그 안에 부처님 진신사리를 봉안하여 천하에 국력을 과시하고 장차 아홉 나라가 예물을 바치도록 할 것이옵니다."

자장율사의 말에 선덕여왕의 얼굴이 환하게 밝아졌다.

"오! 참으로 듣기만 하여도 기쁘기가 한량이 없구료. 내 무엇이든 대국통께서 하자는 일은 모두 허락할 것이니 다른 것은 조금도 걱정하지 말고 큰 일을 도모하도록 하시오."

"성은이 망극하옵니다."

선덕여왕의 존경과 신임을 한 몸에 받은 자장율사는 당시의 최고 승직인 대국통 자리에 올랐다. 지금 같으면 종정 큰스님이 되신 셈이었다.

자장율사는 대국통이 되자마자 모든 승려들에게 부처님의 계율을 널리 전해 배워 익히도록 하여 승단의 기풍을 바로 잡는 한편 계율을 어기는 자는 가차없이 절에서 추방시켰다.

하루는 자장율사가 승려 하나를 불렀다.

"부르셨사옵니까, 스님?"

"그래, 그대는 간밤에 저잣거리 주막에 들어가서 술을 마시고 왔다고 들었거늘, 그 말이 사실이던가?"

"아, 예. 멀리 탁발을 나갔다가 돌아오는 길에 목이 마르던 차라 막걸리 한 사발을 마셨을 뿐이옵니다."

대답이 끝나자마자 자장율사는 승려의 등을 주장자로 세게 내리쳤다.

"오늘로 당장 짐을 꾸려서 이 분황사를 떠나도록 하게!"

"하오시면 스님, 막걸리 한 사발을 마셨다고 해서 소승을 아주 내쫓으실 작정이시옵니까?"

"내 이미 수차에 걸쳐서 누누이 일렀거니와 부처님께서는 곡식으로 빚은 술이거나, 과일로 빚은 술이거나, 일부러 만든 술이거나, 저절로 된 술이거나 결코 마셔서는 아니된다고 엄히 이르셨네!"

그러나 그 승려는 매우 억울하다는 표정이었다.

"하오나, 스님……"

"이것 보시게, 출가 수행자는 모든 중생들의 사표가 되어야 하는 법이거늘 저는 술을 마시면서 남에게는 술을 마시지 말라고 하면 이것이 과연 옳은 일이겠는가?"

"……"

"부모는 거짓말을 하고, 부모는 도둑질을 하면서, 자식에게는 거짓말을 하지 말라, 도둑질을 하지 말라고 하면 그런 부모 말을 자식들이 제대로 들어주겠는가?"

"…… 잘못 되었습니다, 스님."

"자기는 욕심을 부리면서 다른 사람에게는 욕심을 버리라고 말하면 세상에 어느 누가 그 사람의 말을 믿고 따를 것인가?"

"…… 잘못 되었습니다, 스님. 한 번만 용서해 주시면 다시는 그런 잘못을 범하지 않을 것이옵니다."

"소용없는 소리! 그대는 이미 스스로 출가 수행자의 자격을 버렸으니 이 분황사에 더 이상 머물러서는 아니될 것이야."

"참으로 잘못 되었습니다, 스님. 참회 올리오니 한 번만 용서하여 주십시오."

 그러나 자장율사는 모멸차게 말하는 것이었다.
 "이미 늦었네. 어서 짐이나 꾸려가지고 속가로 돌아가시게!"
 승려는 더이상 다른 말이 통하지 않자 힘없이 그 자리를 물러나왔다.

 자장율사는 선덕여왕에게 다짐했던대로 모든 승려들로 하여금 계율을 철저히 받들어 지키게 해서 승풍을 확립하는 한편 백성들에게도 보살계를 받아 지니게 하였다.
 이때의 기록에 의하면 당시의 신라 백성 가운데 십 중 팔구가 불교 신자였다고 전하고, 삭발출가하여 승려가 되려는 남녀가 어찌나 많았던지 엄격한 심사를 거쳐야만 승려가 될 수 있었다고 한다.
 자장율사는 이렇게 안으로는 승단의 규범을 확립해서 불교의 체통을 세우고 황룡사 경내에 구층탑을 건립하기로 작정하고 선덕여왕에게 말씀을 올렸다.
 "그러면 대국통께서는 황룡사 마당 안에다 부처님의 진신사리를 모시는 탑을 세우겠다는 말씀이신가요?"
 "그렇사옵니다."
 "허면 그 탑은 얼마나 크게 세우실 생각이십니까?"
 "예, 탑의 크기와 높이가 너무 높고 큰지라…… 감히 말씀을 올리지 못하였사옵니다만……."

"대체 얼마나 높은 탑을 세우려 하시는지요?"

"예. 탑의 높이는 땅바닥으로부터 이백오십 척이 될 것이며……."

선덕여왕은 그 말에 놀라서 입을 다물지를 못하는 것이었다.

"예에? 이십오 척이 아니라 이백오십 척이라구요?"

"예, 그러하옵니다."

"이백오십 척이라면 웬만한 산보다도 더 높을 터인데 그렇게 큰 탑을 어떻게 세우신다는 말이십니까?"

"이백오십 척짜리 9층탑이 세워지는 날, 왜구들의 본거지인 대마도에서도 그 탑이 보일 것이니, 다시는 우리나라를 침범하지 못하게 될 것이옵니다."

"허면 과연 그토록 높은 탑을 대국통께서 세워 올리실 수 있으시겠습니까?"

"윤허만 해 주시오면 소승 기필코 9층짜리 탑을 보란듯이 세워, 천하에 우리나라의 국력을 보여줄 것이옵니다."

"그러면 대체 무엇으로 그 큰 탑을 만드실 작정이십니까?"

"아람드리 태백산 나무를 다듬어 구층 목탑을 세울 것이옵니다."

"허면 우리 왕실에서는 무엇을 어떻게 도와드리면 되겠는지요?"

"윤허만 내려주시오면 첫째로 천하에서 제일 가는 공장이를 구

할 것이며, 그 다음에는 이백여 명의 소장들을 구할 것이요, 태백산에 들어가 신령스러운 재목을 구할 것이옵니다."

선덕여왕은 자장율사의 말에 천천히 고개를 끄덕이는 것이었다.

"그러면 내 모든 일을 대국통께 맡길 것이니, 마음껏 9층탑을 세우도록 하십시오."

"성은이 망극하옵니다."

10
물거품 같다고 세상을 보아라

선덕여왕으로부터 황룡사 경내에 높이 이백오십 척에 달하는 거대한 목탑을 세우도록 허락을 받은 자장율사는 그날부터 사람을 놓아 이 거대한 목탑을 세울 천하 제일의 공장을 구하게 하였다. 말하자면 초일류 건축 기술자를 구하는 것이었다.

그런데 높이 이백오십 척짜리 거대한 목탑은 요즘의 계산으로 따져 보아도 무려 그 높이가 80여 미터에 이르니 어림잡아 30층짜리 고층 빌딩에 버금 가는 어마어마한 규모였으니 그 시대로서는 누구라도 놀랄만한 일이었다.

하루는 시자가 자장율사를 찾았다.

"스님, 안에 계시옵니까?"

"그래, 들어오너라."

시자는 방문을 열고 들어와서는 예를 올렸다.

자장율사는 시자에게 급히 물었다.

"그래, 그만한 기술을 지닌 공장이 있는지 좀 알아 보았느냐?"

"말씀드리기 죄송하오나 아무리 수소문을 해보아도 그런 뛰어난 공장은 구할 수가 없었사옵니다, 스님."

자장율사의 얼굴은 실망의 빛이 역력하였다.

"허허, 아니 그래 이 넓은 신라 천지에 탑 하나 제대로 세울만한 인물이 없더란 말이더냐?"

"이름난 도편수는 모조리 다 찾아가서 만나보았습니다마는 이백오십 척짜리는 커녕 스물다섯 자 높이의 건물도 세워본 일이 없다 하였습니다."

"허허, 세상에 이런 답답한 일이 있는가! 아니 그래, 우리 신라 땅에 탑을 세울 공장이 단 한 명도 없더란 말인가!"

"큰 집을 가장 잘 짓는다는 도편수를 만나보았더니 그 사람이 하는 말인즉슨……"

자장율사는 급히 물었다.

"그래, 대체 뭐라고 그러던고?"

"우리 신라 땅에서는 그만한 인물을 구하기는 어려울 것이라고 하였습니다."

"허허, 저런! 그런 고약한 사람을 보았는가?"

"하오나, 다른 나라에 가면 그만한 인물을 구할 수 있을 것이라 하였습니다."

"무엇이라구? 우리 신라 땅에서는 구할 수 없지만 다른 나라에 가면 구할 수 있다구?"

"예, 그렇게 말했사옵니다."

"대체 어느 나라에 가면 구할 수 있다고 그러더란 말이냐?"

"예, 이웃 나라인 백제에 가면 구할 수 있으리라 하였습니다."

"백제에 가면 있을 것이라구?"

"예, 백제에 가면 아비지라는 천하 제일 가는 공장이 있는데, 그 사람이라면 아마 충분히 지을 수 있을 것이라 하였습니다."

"허허, 이런 답답한 노릇이 있는가? 백제는 바로 우리 신라와 원수 사이이거늘 하필이면 그래 그만한 인물이 백제에만 있더란 말인고?"

"그 도편수의 말로는 석공이건 화공이건 손재주로는 백제 사람들을 따라갈 수 없다고 하옵니다."

"허허, 이것 참 답답한 일이로고. 대체 이 일을 어찌하면 좋단 말이던고!"

백방으로 사람을 놓아 천하 제일가는 건축 공장, 다시 말해 으뜸 가는 건축 기술자를 구해 보았으나 신라 땅 안에서는 마땅한 사람이 없고, 딱 한 사람 아비지라는 천하 제일의 공장이 있기는 한데,

 바로 그 아비지라는 사람은 백제 사람이었으니, 참으로 딱한 노릇이 아닐 수 없었다.
 자장율사는 하루 하루, 황룡사 9층탑의 건립이 늦어지는 것에 애를 태우고만 있었다.
 그러던 어느날 자장율사는 선덕여왕의 부름을 받고 궁궐로 들어가게 되었다.
 "그래, 대국통께서 도모하시는 황룡사 9층탑 일은 제대로 잘 되어가고 있으신지요?"
 "말씀드리기 황송하오나 마땅한 공장 한 사람을 구하지 못하여 늦어지고 있사옵니다."
 "공장 한 사람을 구하지 못했다니 그게 대체 무슨 말씀이십니까?"
 "예. 백방으로 사람을 시켜 큰 집을 잘 짓는다는 사람을 다 만나보게 하였으나, 이백오십 척짜리는커녕 스물다섯 자짜리 집도 지어본 일이 없다고 하니, 참으로 난감한 일이옵니다."
 "아니, 그러면 우리 신라를 통틀어 그만한 기술을 가진 사람이 단 한 명도 없다는 말이십니까?"
 "아뢰옵기 황송하오나 아직은 구하지 못하였사옵니다."
 "그러면 장차 대국통께서는 9층탑 세우는 일을 어찌 하실 생각이십니까?"

"딱 한 사람, 천하에 으뜸가는 공장이 백제 땅에 살고 있다는 말을 듣긴 했사오나……."

"아니, 그러면 백제 땅에는 그럴만한 인물이 있다는 말이십니까?"

"그렇다고 들었사옵니다. 아비지라는 공장이 으뜸가는 기술을 지녔다고는 합니다마는 그 사람이 하필이면 적국인 백제 사람이라 이러지도 저러지도 못하고 있사옵니다."

이런 자장율사의 한숨섞인 말을 듣는 선덕여왕의 눈빛이 그순간 반짝 빛났다.

"허면, 그 사람만 데려오면 9층탑을 능히 세울 수 있을 것이라는 말이시지요?"

"그렇사옵니다."

"그렇다면 대국통께서는 그 사람을 신라로 데려오면 될 일이 아니겠습니까?"

자장율사는 선덕여왕의 그 말이 무슨 뜻인지 알아들을 수가 없었다.

"…… 그 백제 사람을 데려오라니요?"

선덕여왕은 과연 지혜가 뛰어났으므로 대담하기 이를 데 없는 말을 하는 것이었다.

"이것 보십시오, 대국통!"

"예."

선덕여왕이 아주 작은 목소리로 말했다.

"은밀히 백제 땅에 사람을 보내어 아비지라는 그 공장을 우리 신라 땅으로 데려오도록 하시오. 비단과 보물을 듬뿍 가지고 가면 따라와 줄 것이오."

"그 일은 소승도 생각을 해 보았사옵니다만, 만일 일을 그르쳐 백제 군졸들에게 알리는 날에는 큰 낭패를 당할 것이옵니다. 그래서 시행치 못하고 있었사옵니다."

선덕여왕은 답답하다는 듯 자장율사를 쳐다보았다.

"원 참, 대국통께서도 어찌 그리 한 가지 방도만을 강구하셨더란 말입니까? 보물과 비단을 가지고 가서 정중히 모시겠다고 해도 듣지 아니하면 그땐 입을 틀어막아 자루에 담아 가지고라도 오게 해야지요."

자장율사는 선덕여왕의 말에 깜짝 놀라서 눈이 휘둥그레졌다.

"예에? 아니 하오면 강제로라도 끌어오란 말씀이시옵니까?"

선덕여왕은 얼굴에 미소를 띠우며 말했다.

"큰 일을 도모하려면 사소한 무리는 따르는 법, 만일 그 아비지라는 공장이 강제로 끌려오더라도 훗날 9층탑을 완성한 뒤에 후한 상을 내리면 족할 것이니, 대국통께서는 아무 염려 마시고 그리 하도록 하십시오."

자장율사는 선덕여왕의 계책을 듣고 과연 소문대로의 지혜로운 여왕이라고 새삼 탄복하였다.

그리하여 자장율사는 신체 강건하고 민첩한 사람 몇 사람을 백제 땅에 잠입시켜 천하에 제일 가는 공장 아비지를 신라로 모셔오게 분부를 내렸다.

"자, 그럼 다시 한 번 당부하겠네."

각별한 임무를 맡게 된 세 사람이 낮은 목소리로 대답하였다.

"예, 스님."

"아비지라는 사람은 천하에 하나밖에 없는 귀한 사람이니 결코 다치게 해서는 아니될 것이야."

"예, 스님."

자장율사는 목소리를 낮추고는 다시 한번 단단히 당부하는 것이었다.

"은밀하게 그 사람 처소에 잠입을 하되, 결코 처음에는 예절에 어긋나게 대하지 말아야 할 것이며……."

"예."

"만일 그 사람이 보물과 비단을 주어도 순순히 따라오지 않겠다고 하거든 그때에는 별 수 없이 완력을 쓸 일이로되 소리를 지르지 못하게 입을 틀어막고 결박을 하더라도 결코 몸을 상하게 해서는 아니될 것이니, 이 점을 각별히 명심토록 하시게."

"예, 알겠습니다."

그리고는 일행 중 한 사람에게 다시 이르는 것이었다.

"자네가 책임자이니 교섭은 자네가 해야 할 일이로되……"

"예, 스님."

"그 사람은 천하의 제일가는 공장이라 하니 보물이나 비단을 준다해도 마음을 움직이기 전에는 이곳에 오는 일이 어려울 것이니 처음부터 보물과 비단을 앞세우지 말도록 하게."

"하오면 무슨 말부터 해야 될런지요, 스님?"

"아비지라는 그 사람을 만나거든 이 세상에서 가장 높고, 가장 큰 부처님 탑을 세우고자 하니 부디 이 일을 맡아 주십사 정중히 말씀드리게."

"그렇게 말을 해도 듣지 아니하면 그땐……?"

"그때에는 보물과 비단을 내놓고 후한 대접을 할 것이라고 말하고, 만일 이 일을 맡아 완성하는 날에는 그 명성이 천 년 만 년 갈 것이라고 정중히 말씀드리도록 하게."

"알겠습니다, 스님. 그럼 다녀오겠습니다."

자장율사는 보물과 비단을 듬뿍 준비해서 백제의 공장 아비지를 모셔 오도록 민첩한 사람 셋을 백제 땅으로 은밀히 들여 보냈다.

그러나 사흘이 지나고 나흘이 지나고 닷새째가 되어도 백제 땅으로 잠입해 들어간 사람들에게선 소식이 없었으니, 자장율사는 그야말로 일각이 여삼추였다.
선덕여왕은 부름을 받고 궁궐로 들어온 자장율사에게 물었다.
"이것 보십시오, 대국통!"
"예."
"대국통께서는 과연 이 일이 성사되리라고 생각하십니까?"
"예. 소승은 반드시 그 아비지라는 백제 공장이 순순히 따라 오리라고 믿고 있사옵니다."
"어떤 근거로 그렇게 생각하십니까?"
"예. 소승, 이 세상에서 가장 높고 가장 큰 부처님의 탑을 만드는 일이니 부디 맡아 달라고 정중히 간청을 하라 일렀으니, 만일 그 사람이 이 말을 들으면 마음이 움직일 것이라 믿고 있사옵기 때문이옵니다."
"허지만 그 사람은 적국인 백제 사람, 적국인 신라 땅에 와서 과연 그 일을 해 줄 생각은 하지를 못할 것이오."
"지당하신 말씀인 줄로 아옵니다. 하오나 그 아비지가 백제에서 제일 가는 공장이라면 이미 그동안 백제 땅에서는 여러 채의 큰 가람을 지었을 것이오, 여러 채의 큰 가람을 지었다면 이미 불심도 깊을 것이니, 이 세상에서 가장 크고 가장 높은 부처님 탑을 만드는 일은 반드시 자기가 맡아야 한다는 생각이 있을 것이옵니다.

그러니 아마도 순순히 따라올 것으로 믿고 있사옵니다."

"어디 한 번 두고 보십시다. 과연 내 말이 맞는지, 대국통의 말이 맞는지 며칠만 더 기다려 보면 알게 되겠지요."

그러나 또 이틀이 지나고 사흘이 지나도 백제 땅에 잠입한 사람들은 돌아오지를 아니했으니, 일은 이미 그르친 것이 아닌가 하는 걱정에 자장율사는 잠을 이루지 못하고 있었다.

그런데 석 달째 되는 날, 한밤중이었다. 방문 밖에서 자장율사를 부르는 소리가 들렸다.

"스님, 스님. 주무시옵니까요? 스님, 스님!"

자장율사는 귀가 번쩍 뜨였다.

"아니, 이게 누구란 말이냐?"

자장율사가 방문을 활짝 열어젖혔다.

"용수이옵니다, 스님. 지금 막 돌아오는 길이옵니다."

"어서 들어오너라."

"예."

용수승려는 방안으로 들어와서는 방문을 닫았다.

"대체 어찌된 일이던고?"

"면목이 없게 되었사옵니다, 스님."

"대체 어찌 되었나니까?"

"예. 저희 일행이 은밀히 그 사람 집을 알아내어 염탐을 해보았더니 아비지라는 사람은 닷새째 집에 돌아오지 않고 있었사옵니다."

"그럼 어디 출타했더란 말이더냐?"

"사비성에 큰 절을 한 채 짓고 있었사온데 칠 개월째 집에 들르지 아니한다는 것이었습지요."

"허허, 저런! 그, 그래서 어찌 했느냐?"

"절간을 지을 적에는 몸을 깨끗이 해야 한다 하여 공사가 끝나기 전에는 집에 들르지 아니한다 하였습니다."

"글쎄, 그래서 대체 어찌 했느냐고 묻질 않았느냐?"

자장율사는 입이 바싹 타는 듯 거듭 대답을 독촉했다.

"하는 수 없이 절간을 짓고 있는 현장의 임시 거처를 찾아 갔습지요."

"그, 그래서 어찌 되었는고?"

"다른 일꾼들이 잠들기를 기다렸다가 저 혼자서 들어갔는데요."

"그래, 말씀은 잘 드렸느냐?"

"예. 이 세상에서 가장 크고 가장 높은 부처님 탑을 세울 작정이니, 부디 이 일을 맡아 주십사 한다는 스님의 말씀을 그대로 전해 올렸습지요."

"그래, 그랬더니 그 아비지라는 사람이 뭐라고 그러더냐?"

"예. 한동안 가타부타 대답이 없더니만 한참만에야 고개를 옆으

로 흔드는 것이었습니다요."

"싫다고 말이더냐?"

"예."

"아니 그래 세상에서 가장 높고 세상에서 가장 큰 부처님 탑을 싫다고 하다니……."

"지금 짓고 있는 절을 완공시키기 전에는 다른 일을 맡을 수 없다는 것이었습니다요."

"허면 그 절 공사는 대체 언제쯤 끝난다고 그러던고?"

"4월 초파일 전에는 끝마쳐야 한다고 그랬으니 이제 한 열흘 남은 셈이지요."

"그러면 그 일을 마친 뒤에는 맡을 의향이 있다고 그러더냐?"

"그때 일은 그때 가서 생각을 해 보아야겠으니 그냥 돌아가라는 대답뿐이었습니다."

"허면 가지고 간 보물과 비단은 보여주었느냐?"

"예, 기왕지사 가지고 온 보물과 비단이니 놓아두고 가겠다고 그랬습니다만, 그 사람이 어찌나 한사코 거절을 하는지 하는 수 없이 도로 가져오고 말았습니다요."

"보물도 받지 아니하고, 약조도 해주지 않더란 말이냐?"

"그동안 절을 짓느라고 기진맥진했으니 그 공사를 마치고 나면 한동안 쉬어야 한다는 말도 했습니다요."

"허허, 이것 참 큰 낭패로구나. 허면 다시 또 만나기로 약조는 했느냐?"

"아닙니다요. 위험한 길이니 두 번 다시 오지 말라고 그랬습니다."

자장율사는 안타까운 마음에 한동안 아무 말없이 한숨만 내쉬었다.

황룡사 경내에 9층탑을 세워 국력을 과시하고 국운융창과 백성들의 평안을 빌고자 했던 당초의 계획은 이 거대한 탑을 조성할 공장을 구하지 못해 차일 피일 착공이 늦춰지고 있었으니, 자장율사도 탄식하고 선덕여왕도 또한 탄식하는 것이었다.

"소승의 정성이 모자라고 도가 얕은 탓으로 이 큰 불사가 이루어지지 못하고 있으니 참으로 송구스럽기 그지 없사옵니다."

"아니지요. 황룡사 9층탑 세우는 일이 늦어지는 것은 대국통의 잘못이 아니라, 그동안 인재를 키우지 못한 조정의 잘못이니 이는 마땅히 조정에서 크게 뉘우치고 깨달아야 할 일인 줄로 압니다."

"하오나 너무 상심하지 마시옵소서. 소승이 반드시 **빠른** 시일 안에 천하에서 제일 가는 공장을 만나 기어이 9층탑을 일으켜 세워 국운융창과 백성들의 평안을 도모할 것이옵니다."

"나라를 생각하고 백성을 위하는 대국통의 이 지극한 정성, 참으

로 고맙다 할 것이니 대국통께서는 이 일로 너무 심려치 마십시오."

"아니옵니다. 이 모든 잘못이 부덕한 소승에게 있으니 차라리 크게 꾸짖어 주십시오."

"무슨 말씀이십니까? 대국통께서는 이미 부처님의 계율을 온 천하에 고루 전해서 상하가 한결같이 보살계를 수지하고 부처님의 가르침을 따르고 있으니 이것만 해도 대국통의 공이 크다고 할 것이오."

"과찬의 말씀이시니 소승 감히 몸둘 바를 모르겠사옵니다."

"그런데 말씀입니다, 대국통!"

"예."

"듣자하니 중국 당나라에서는 4월 초파일이 되면 사찰에서는 물론이요, 집집마다 연등을 밝힌다고 하던데……."

"예, 그렇사옵니다. 4월 초파일은 석가모니 부처님께서 이 세상에 오신 날이니 그래서 승속간에 이 날을 기려 등불을 밝히고 봉축하는 것이옵니다."

"그러면 대체 등불을 밝히는 까닭이 어디에 있는 것인지요?"

"예, 부처님은 자비의 빛이시요, 지혜의 광명이시니, 사찰에서나 속가에서나 자비의 등불, 지혜의 등불을 밝히는 것이옵니다."

"듣자하니 4월 초파일에 등불을 공양하면 큰 복을 받게 된다고 그러던데, 그것도 사실인가요?"

"방금도 말씀 올린 바 있사옵니다마는 사찰에서나 속가에서나 등불을 밝히는 것은 부처님이 오신 날을 기뻐하고 봉축하는 데 뜻이 있사옵니다. 또한 이 날을 기하여 등불을 밝히는 것은 사람마다 마음 속에 자비의 등불, 지혜의 등불을 켜서 욕심도 버리고, 성냄도 버리고, 어리석음도 버리자는 데 참다운 뜻이 있다고 할 것입니다. 사람마다 마음에 자비의 등불, 지혜의 등불을 켜면 천 가지 만 가지 복덕이 저절로 갖추어질 것이니 그래서 초파일에 등불 공양을 올리면 큰 복을 누리게 된다고 하는 것이옵니다."

선덕여왕은 고개를 끄덕였다.

"듣고보니 과연 옳으신 말씀입니다. 사람마다 마음에 자비의 등불, 지혜의 등불을 밝히면 그만큼 복덕을 얻게 되겠지요."

"모든 복덕은 자작자수요 자업자득이니, 제 손으로 지어서 제가 받고 자기가 만들어 자기가 받는 것이니 사람마다 초파일을 기하여 마음 속에 있는 어둠을 몰아내고 부처님의 가르침을 등불로 삼아 마음을 밝히면, 세상과 집안이 두루 평안해질 것이옵니다."

"그러면 우리 왕궁에도 이번 초파일에는 등불을 밝혀야겠습니다."

"부디 그렇게 하시면 상하와 안팎이 두루 태평할 것이옵니다."

　자장율사는 그날 밤에도 어떻게 하면 천하에서 제일 가는 공장을 만나 하루속히 황룡사에 9층탑을 세워 올릴 수 있을까만을 생각하고 있었다.
　"이것 보아라."
　"예, 스님."
　"오늘이 대체 몇 일이던고?"
　"예. 오늘이 윤삼 월 스무나흔 날이옵니다."
　"그러면 이제 4월 초파일이 며칠 남았느냐?"
　"예, 이제 앞으로 열나흘 후면 초파일이 되옵니다요."
　"허면 그 아비지라는 백제 공장이 지금 짓고 있다는 백제 사비성의 그 절은 오늘 내일 사이에 일이 끝나겠구나."
　"아마도 그럴 것이옵니다요. 소승이 거기 갔을 적에 단청 공사를 하고 있었으니까요."
　"그러면 사비성에서 여기까지 오는 데는 대체 며칠이나 걸리던고?"
　"밤낮으로 사흘이 걸렸습지요."
　"내 생각에는 말이다."
　"예, 스님."
　"이 세상에서 가장 높은 부처님 탑은 아마도 그 백제 공장 아비지라는 사람이 꼭 만들어 줄 것만 같구나."

"그, 글쎄올습니다요. 놓고 오겠다는 보물도 비단도 싫다는 것을 보면 올 생각이 별로 없는 것 같았는데요."

"아니다. 옛부터 뛰어난 장인은 재물에 팔리지 않는 법이니, 재물을 멀리한 까닭에 으뜸가는 장인이 될 수 있었던 게야. 두고 보면 알 일이다마는 그 아비지는 반드시 나를 찾아올 것이다."

어쩐 까닭인지 자장율사는 백제에 살고 있다는 아비지가 반드시 신라 땅으로 들어와 황룡사 9층탑을 만들어 줄 것이라고 굳게 믿음이 생기는 것이었다.

다음 날, 자장율사가 다시 물었다.

"이것 보아라. 오늘이 몇 일이던고?"

"예, 오늘이 윤삼 월 스무닷새이옵니다요."

"백제 땅 사비성에서 여기까지 오는데 밤낮 사흘이 걸렸다고 그랬으렷다?"

"예, 하온데 스님께옵서는 어쩐 일로 자꾸 날짜를 짚으시며 그 일을 물으시옵는지요?"

"천하에 으뜸이라는 그 공장 아비지가 오는 날을 기다리느라고 그러는 게야."

"말씀드리기 죄송하옵니다만, 그 아비지라는 사람 말씀입니다요, 소승이 보기에는 여기에 올 사람이 아니옵니다요."

"무엇을 보았기에 여기에 올 사람이 아니라고 그러느냐?"

 "아, 글쎄 스님께서도 생각을 해 보십시오. 털끝만치라도 올 생각이 있었다면, 놓고 오겠다는 보물이며 비단을 우선 받아놓고 볼 일이지 무슨 까닭으로 물리칩니까요? 그리구 말씀입니다요, 스님."

 "말해 보아라."

 "소승이 보기에는 그 아비지라는 사람, 참으로 멍청한 바보같았습니다요."

 "무엇을 보았기에 바보라고 하느냐?"

 "여기에 올 생각이 있건 없건 가져온 보물이며 비단을 우선은 받아놓고 볼 일이지, 아 글쎄 나중에 보물과 비단을 받아먹고 아니 온다고 해서 우리가 감히 어떻게 그 사람을 잡으러 갈 수나 있는 일이옵니까요? 아니면 백제 관가에다가 일러 바칠 수가 있겠습니까요?"

 "그러니까 너 같으면 오던, 아니 오던 가져온 보물은 받아놓고 봤을 것이다 그런 말이더냐?"

 "그렇습지요."

 자장율사는 대뜸 넙죽넙죽 대답하는 승려의 등을 주장자로 내리쳤다.

 "너는 이 녀석아, 그만큼 절밥을 먹었으면 눈을 뜰 때도 되었건만 아직두 그래 눈 앞이 그리도 캄캄하단 말이냐!"

"무슨…… 말씀이시온지요, 스님?"

"전생에 복을 짓지 못한 중생은 손에 보배 구슬을 쥐어주어도 모르는 법, 보배 구슬로 돌팔매질을 한다고 그러셨느니라."

"…… 보배 구슬로 돌팔매질을 한다구요, 스님?"

"너는 이 녀석아, 눈만 캄캄한 것이 아니라 귀까지 캄캄절벽이니 내일부터는 디딜방아나 한 3년 찧어야 눈이 열리고 귀가 열릴 것이니라."

이무렵 신라의 선덕여왕은 서쪽으로는 백제, 북쪽으로는 고구려로부터 걸핏하면 침습을 받아 편안한 날이 별로 없었으므로 자나깨나 국운융창이 소원이었다.

그래서 선덕여왕은 사흘이 멀다 하고 자장율사를 불러 때로는 답답함을 하소연하기도 하고, 때로는 나라부강의 비법을 불교에서 구하기도 하였다.

"내 오늘은 한 가지 물어볼 일이 있어서 대국통을 들어오게 하였습니다."

"예, 하문하십시오."

"대국통께서도 잘 아시다시피 우리 신라는 대대로 고구려와 백제에 시달리고 있으니, 우리가 살아 남으려면 대체 어느 쪽과 손을 잡아야 좋겠습니까?"

 "소승이 어찌 나라 다스리는 일에 아는 것이 있겠습니까마는 소승이 알기로는 중국 당나라는 수백만의 대군을 일시에 거병할 수 있는 큰 나라인지라 우리 신라가 당나라와 교분을 두터이 하고 있으면 고구려가 감히 대군을 움직여 우리 신라를 치지 못할 것이라 여겨지옵니다."

 "어떤 까닭으로 고구려가 대군을 움직여 우리나라를 치지 못할 것이라 여기십니까?"

 "예, 만일 고구려가 많은 군사를 움직여 우리 신라를 치게 되면 당나라가 분명히 그 틈을 이용하여 서북쪽에서 고구려를 칠 것이니, 그것이 두려워 대군을 움직이지 못할 것이옵니다."

 "그러면 대국통께서는 우리 신라가 당나라와 교분을 두텁게 하는 것이 이롭다는 말씀이십니까?"

 "옛부터 고구려와 백제와 신라는 한 핏줄이요, 말과 풍속이 서로 같으니 오늘처럼 이렇게 치고 받고 싸우는 것이 도리가 아니오나 기왕지사 3국이 정립되어 있는 형국에서는 당나라의 힘을 빌리는 도리밖에는 방도가 없는 줄로 아옵니다."

 "지금 조정에서는 당나라와 교분을 더욱 돈독히 해야 한다는 주장과 차라리 당나라와는 교분을 끊고 백제와 교분을 맺어야 한다는 주장이 엇갈리고 있으니 참으로 어느 쪽을 따라가야 할지 막막한 심정입니다."

"말씀드리기 황송하오나 소승이 당나라에서 지켜본 바로는 당나라는 기회만 있으면 고구려를 치려고 덤빌 것이요. 만일 고구려를 치고난 다음에는 차례차례 백제와 우리 신라까지 넘보게 될 것이옵니다. 그러나 고구려가 저렇게 버티고 있으면 백제도 우리 신라도 안전할 것이오니, 당분간은 당나라와의 교분을 더욱 두텁게 하여 고구려의 남침을 막고, 백제의 동침을 막으면 위태로운 지경은 면하게 될 것이옵니다."

자장율사의 말을 들은 선덕여왕의 얼굴이 조금 밝아졌다.

"고맙습니다. 그러면 당나라에 예물을 보내도록 하지요."

신라 제 27대 선덕여왕은 참으로 불심이 깊은 여왕이었으니 심란할 적에는 으레 자장율사를 왕궁으로 모셔다가 스님의 법문을 듣는 것을 큰 즐거움으로 여겼다.

"듣자하니 대국통께서는 제자들에게나 속인들에게나 백골관을 닦으라고 하신다지요?"

"그러하옵니다."

"그러면 대체 그 백골관을 닦으면 어떠한 이익이 있다는 말씀이십니까?"

"예, 사람마다 하루에 세 번, 아니 하루에 단 한 번씩만 백골관을 닦으면 그 공덕은 이루 헤아릴 수 없다 할 것이옵니다."

"헤아릴 수 없는 공덕이 있을 것이라니 이거 참으로 궁금해서 견딜 수가 없습니다. 대국통께서는 어서 자세하게 말 해보도록 하십시오."

"예. 부처님께서 일찍이 이르시기를 이 사바세계는 괴로움의 바다, 즉 고해라고 말씀하셨습니다."

"그래요. 그건 나도 이미 들어서 알고 있습니다."

"허면, 대체 어쩐 연고로 부처님께서는 이 사바세계를 괴로움의 바다라고 말씀하셨는고 하면……"

"어서 말씀하십시오."

"부처님께서는 태어나고 늙고 병들고 죽는 생노병사가 네 가지 큰 괴로움이라 하셨습니다."

"그래요. 헌데 늙고 병들고 죽는 것이 괴로움인 줄은 잘 알겠습니다마는 어찌해서 태어나는 것도 괴로움이라고 하셨는지요?"

"어머니의 뱃속에 들어있을 적에, 그 아이는 춥고 더운 줄을 알겠습니까?"

"그야 모르겠지요."

"하오면 어머니의 뱃속에 들어있는 아이가 배고픔의 걱정을 알겠습니까?"

"그야 모르겠지요."

"하오나 일단 어머니의 뱃속에서 세상 밖으로 나오게 되면, 바로 그때부터 그 아이는 춥고 더운 고통, 배고프고 아픈 고통을 맛보게 됩니다."

"과연 그렇습니다. 더 깊은 뜻은 잘 모르지만 태어나는 것도 괴로움이라는 것을 이제야 알겠습니다."

"부처님께서는 생노병사의 네 가지 괴로움에 또 다른 네 가지 괴로움을 설하셨으니, 사랑하는 사람과 헤어지는 괴로움, 미워하는 사람과 만나는 괴로움, 구하고자 하는 것을 구하지 못하는 괴로움, 오음이 끝없이 일어나는 괴로움을 말씀하셨습니다."

"그래서 팔고라고 그러셨군요……."

"그렇사옵니다. 하온데 이 여덟 가지 괴로움이 모두 다 집착과 애욕과 탐욕과 어리석음에서 생겨나고 있으니 사람마다 백골관을 닦으면, 나도 장차 백골이요, 상대 또한 백골인데, 여기에 무슨 집착과 애욕과 탐욕과 어리석음이 있을 수 있겠습니까?"

"…… 나도 장차 백골이요, 상대 또한 백골이라……."

선덕여왕은 자장율사의 말을 입속으로 가만히 되내여보는 것이었다.

"사람마다 이 백골관을 닦으면 욕심도 성냄도 원한도 사라져서 근심도 걱정도 사라지게 되고, 다투고 빼앗고 모함하고 죽이는 일도 사라지게 될 것이니 이보다 더 큰 공덕이 또 어디에 있겠사옵니까?"

"그렇습니다. 듣고 보니 과연 부처님의 가르침은 훌륭하십니다."

'과연 그렇다.
일 년 가고, 이 년 가고
십 년 가고, 백 년 가면
나도 장차 백골이요,
너도 장차 백골인데
다툴 것이 무엇이며
욕심 낼 것이 무엇인고.

그렇다, 중생들이여!
소치는 목동이 채찍 휘둘러
소를 몰아 목장으로 돌아가듯,
늙음과 죽음도 또한 그러하니
그대의 목숨을 쉬임없이 몰고 간다.

무엇을 웃고, 무엇을 기뻐하랴.
세상은 쉬임없이 불타고 있는데
그대들 어둠 속에 덮혀 있구나.
어찌하여 등불을 찾지 않는가.

보라, 이 부서지기 쉬운 병 투성이,
이 몸을 의지해 편타 하는가?
욕심도 많고 병들기 쉬워
거기엔 변치 않는 실체가 없네.

목숨이 다해 정신이 떠나면
가을철에 버려진 표주박처럼
살은 썩고 앙상한 백골만 뒹굴 것을
무엇을 사랑하고 즐길 것인가.

물거품 같다고 세상을 보아라.
아지랑이 같다고 세상을 보아라.
세상을 이렇게 관찰하는 사람은
결코 염라왕을 만나지 않나니.

부디 나쁜 일 하지 말 것이요,
착하고 좋은 일 받들어 행해
스스로 그 뜻을 깨끗이 하면
바로 이것이 나의 가르침이니라.'

선덕여왕이 신라를 다스리고 있을 무렵, 북쪽의 고구려, 서쪽의 백제는 물론이요, 바다 건너 왜구들까지도 여왕이 다스리는 신라를 얕잡아 보고 침범하는 일이 비일비재했다.

그러므로 선덕여왕은 참으로 마음이 편안할 날이 하루도 없었다.

"소승 자장, 부름을 받자옵고 문안 올리옵니다."

"잘 오셨습니다. 내가 오늘은 대국통께 하문할 일이 있어서 들어오시라 하였습니다."

"예, 하문하십시오."

선덕여왕은 가볍게 한숨을 내쉬었다.

"대국통은 분명히 황룡사 경내에 9층탑을 세워 부처님의 진신사리를 모시면 인근의 아홉 나라가 예물을 바치게 될 것이라고 그러셨지요?"

"예, 그러하옵니다."

"그러면 바로 그 일이 무엇보다도 화급지사임에 틀림 없을 터인데, 대체 어쩐 연유로 아직껏 착공조차 아니하고 계신단 말이십니까?"

"예. 소승, 아뢰옵기 황송하오나 이미 말씀 올린대로 9층탑을 지어 올릴만한 공장을 구하지 못하여 백방으로 사람을 풀어 알아

보는 중이옵니다마는…… 백제 땅에 살고 있는 오직 한 사람, 아비지 이외에는 없다고 하옵니다."

선덕여왕은 혀를 끌끌 찼다.

"그러면 그 아비지라는 자를 붙잡아라도 와야 할 일이 아니겠습니까?"

"말씀 올리기 황송하오나 이 일은 강제로 시킨다고 해서 될 일이 아니오라……."

"그렇다면 대체 어느 세월에 9층탑을 세워 올려 국운이 융창하고 백성이 평안하기를 도모한단 말씀이십니까?"

이에 자장율사는 자신있는 목소리로 말하는 것이었다.

"소승이 알기로는 아비지라는 그 공장은 불심이 깊은 사람이라 머지 아니해서 반드시 스스로 소승을 찾아올 것이라 믿고 있사옵니다."

"그러면 대국통께서는 아비지라는 그 공장이 스스로 찾아오기를 기다리고 있다는 말씀이십니까?"

"달리 사람이 없으니 그 공장을 기다리는 도리밖에 다른 방도가 없사옵니다."

선덕여왕은 무슨 말인가를 하려다가 말고 다시 한번 그저 자장율사에게 당부하는 것이었다.

"대국통께서는 일찍이 도를 통하신 분이니 그 법력을 믿겠습니

다마는 아무쪼록 황룡사 9층탑을 서둘러 세워주십시오."
 "…… 성은이 망극하옵니다."

11
백제 장인, 아비지

 자장율사는 선덕여왕에게 백제의 뛰어난 건축 기술자 아비지가 머지않아 신라로 찾아올 것이라 말은 하였지만, 만일 아비지가 스스로 오지 아니한다면 이 일을 과연 어찌 해야 할 것인지 걱정이 아닐 수 없었다.
 그런데 그 해 윤삼 월 그믐 날 한밤중의 일이었다.
 "여보십시오, 여보십시오. 이 절에는 아무도 아니계십니까요?"
 자장율사는 선정삼매에 들어 있다가 소스라치게 놀라 방문을 열었다.
 "이 한밤중에 대체 뉘시오?"
 바깥에는 웬 걸인 차림의 젊은이가 서 있는 것이었다.
 "헤헤헤…… 지나가던 걸인이온뎁쇼, 스님."
 "무엇이라구? 지나가던 걸인?"

"예에. 이 방, 저 방, 아무리 불러 보아도 인기척이 없어서 여기까지 올라왔구먼요, 스님."

"그래, 대체 무슨 일이신고?"

"아이구 스님, 그거야 뻔한 일이 아니겠습니까요?"

"뻔한 일이라니?"

"아, 지나가던 나그네가 우물을 찾았을 적에는 목이 말라 찾았을 것이요, 지나가던 거렁뱅이가 절간을 찾았을 적에는 배가 고파서 입지요."

"그래 아무리 배가 고프기로서니 이 한밤중에 절간을 찾아왔더란 말이신가?"

"아 나같은 거렁뱅이가 무엇을 알겠습니까마는 듣자하니 절집 안은 자비문중이라 사정이 딱한 사람은 먹여주기도 하고 재워주기도 한다고 그러던뎁쇼?"

한밤중에 걸인이 절간으로 찾아와서 이렇게 너스레를 떨었으니, 다른 스님들 같았으면 호통을 쳐서 내쫓을 일이었지만, 어쩐 일인지 자장율사는 화를 내시지 않는 것이었다.

게다가 걸인에게 어서 방안으로 들어오라고 손짓을 하는 것이 아닌가.

"기왕에 찾아왔으니 좌우지간 방 안으로 들어 오시게."

"아이구 이거 말씀은 고맙습니다마는 이 거렁뱅이 누더기에 온

갖 더러운 것이 다 묻어 있으니 감히 어찌 방안에 들기를 바라겠습니까요? 헛간이나 처마 밑에서 자도록 허락만 해주시면 그것으로 족하겠습니다요."

"밤에는 음식을 내지 아니하는 게 불가의 법도인지라 지금 당장 요기는 시켜주지 못하겠네마는 어서 들어와서 편히 쉬도록 하시게."

"정말로 괜찮으시겠습니까요?"

"들어오시래두 그러시는구먼."

"이 거렁뱅이 옷에서 지독한 악취가 진동하는데두요?"

"나는 본래 냄새 구별을 못하는 사람일세."

"아이구 그럼 다행이로구먼요. 염치 체면 불구하고 실례 좀 하겠습니다요."

그제서야 걸인은 방안으로 조심스럽게 들어와서는 방문을 닫고는 엉거주춤 서있었다.

"아무 염려 마시고, 자, 자, 이쪽으로 눕던지, 저쪽으로 눕던지 편한 대로 하시게."

"아이구, 아이구, 방 한 번 참으로 크십니다요, 스님."

"자, 그럼 편히 주무시도록 하시게."

그러나 걸인은 눕지 않고 자장율사를 쳐다보는 것이었다.

"소인 한 가지만 여쭈어 봐도 괜찮을런지요?"

"무슨...... 말씀이신고?"

"이 사찰이 바로 황룡사인가요?"

한밤중에 찾아온 걸인은 방안에 들어오자마자 이 절이 바로 황룡사냐고 묻는 것이었으니, 자장율사는 갑자기 이상한 생각이 들었다.

"이 절이 황룡사가 맞습니까요, 스님?"

"이 절은 황룡사가 아니라 분황사일세."

"아, 예. 그렇습니까요?"

자장율사는 걸인의 행동이 아무래도 이상스러워서 걸인을 유심히 살펴보았다.

"헌데 자네 어쩐 일로 황룡사를 물으시는가?"

"아, 예. 소문에 듣자하니, 살아 생전에 황룡사를 참배하면 그 공덕으로 복을 많이 받게 된다고 하기에 그래서 기왕이면 서라벌에 온 김에 황룡사 참배나 하고 가려구요."

"헌데 자네는 대체 어디서 오는 길이신가?"

"저야 뭐 동서남북 떠돌아 다니는 신세인데 정해진 곳이 어디 있겠습니까요?"

"허면 이 서라벌에는 처음 오는 길이신가?"

"예, 그렇습지요."

자장율사는 다시 한 번 걸인의 모습을 자세히 훑어보았다.

"먼 길을 온 모양이니 어서 그만 쉬도록 하시게."

스님의 이 말에 걸인은 깜짝 놀라는 눈치였다.

"아니, 그걸 스님께서 어떻게 알고 계십니까요? 제가 먼데서 왔다는 것을 말씀입니다요."

"그야 다 아는 수가 있지."

"하오면…… 스님, 이 거렁뱅이가 한 가지 부탁을 좀 드려도 괜찮을런지요?"

"그만 잠이나 잘 것이지 부탁은 또 무슨 부탁이란 말이신가?"

"기왕에 스님께서 이 거렁뱅이에게 은혜를 베푸신 김에 한 가지 소원만 좀 이루게 해 주십시오."

"대체 무슨 소원이시던가?"

"예, 저 자장율사라는 스님을 좀 만나뵙게 해 주십시오."

자장율사는 그 걸인이 느닷없이 자신을 만나게 해 달라고 하자 속으로 무척 놀랐다. 그러나 여전히 태연하게 물었다.

"자장을 만나게 해 달라고 그러셨는가?"

"예, 스님."

"대체 무슨 일로 자장을 만나고자 하는고?"

"아, 아닙니다요. 소인같은 거렁뱅이가 일은 무슨 일이 있겠습니까마는 듣자하니 그 스님한테서 계를 받으면 죽어서는 극락에 가고, 살아서는 복을 받는다고 하기에 이 거렁뱅이 신세나 좀 면해

볼까 하고…… 그래서 입지요."

"이것 보시게."

자장율사가 정색을 하고는 조용히 걸인을 부르자, 걸인은 더듬거리며 대답했다.

"예에? 왜 왜 그러시옵니까요?"

"자넨 분명히 백제 사람이렷다?"

걸인은 스님의 그 말씀에 소스라치게 놀라는 것이었다.

"예에? 아, 아, 아니옵니다요."

"그리고 자네는 걸인이 아니라 틀림없는 백제 장인 아비지렷다?"

"예에? 아, 아니, 스, 스님께서는 대체 어떤 스님이시기에 소인을 이렇듯 훤히 알고 계시옵니까요?"

"이 사람, 아비지!"

"아이구, 이거 왜 이러시옵니까요?"

"아무 염려 마시고 더이상 숨기지 마시게. 내가 바로 그대를 모시고자 한 자장일세."

"예에? 스님께서 바로……?"

자장율사는 감격하여 아비지의 손을 두 손으로 덥석 잡았다.

"참으로 잘 오셨네! 내가 바로 황룡사에 9층탑을 세우고자 하는 자장이란 말일세."

아버지는 정중하게 일어나서 말했다.

"소인이 몰라뵈어서 죄송하옵니다. 소인 아비지, 인사올리겠습니다."

"되었네, 되었어! 이렇게 와주시다니 참으로 고맙네!"

자장율사는 걸인으로 변장하고 신라 땅으로 들어온 아비지의 두 손을 다시 꼬옥 잡고는 참으로 기뻐서 어쩔 줄을 몰랐다.

"그래, 그대가 참으로 9층탑을 맡아 지어 주시겠는가?"

"아직 약조를 드릴 수는 없겠습니다만, 우선 황룡사를 한 번 참배해 보고 나서 말씀드리도록 하지요."

"그래, 그래. 그렇게 하시게."

"하온데 스님, 소인이 9층탑을 짓겠다 약조를 드리기 전에 스님께서 소인에게 약조를 한 가지 해주실 일이 있사옵니다."

"그래. 무슨 약조든 다 들어줄 것이니 어서 말씀하시게."

"소인이 신라 땅에 왔다는 말을 절대 누구에게도 하셔서는 아니 될 것이오며……."

"그래, 그래. 그 약조는 반드시 지킬 것이야."

"소인이 온데간데 없이 자취를 감추더라도 스님께서는 절대로 소인을 찾지 마셔야 하옵니다."

"그건 또 무슨 말이시던가?"

"소인이 황룡사에 9층탑을 짓게 되더라도 일단 백제 땅에 다시

들어갔다 온 후에야 가능할 것이오니 이점 각별히 유념하셔야 할 것이옵니다."

"알았네. 무슨 일이든 그대 뜻대로 하도록 하시게."

"소인은 그럼 걸인 행세를 하면서 황룡사 구경부터 하도록 하겠습니다."

"허면 황룡사 구경을 마친 뒤에는 대체 어찌 하시려는가?"

"9층탑을 지을 생각이 있으면 스님을 다시 찾아뵈올 것이요, 지을 생각이 없으면 그대로 돌아갈 것이옵니다."

"허지만, 여보시게! 세상에서 가장 높고 세상에서 가장 큰 부처님 탑일세."

"…… 알겠습니다. 그럼 소인 그만 물러가옵니다."

그러나 그날 밤이 깊어도 아비지는 다시 나타나지 않았다.

그리고 그 다음 날이 지나도 아비지는 그 모습을 보이지 아니했으니 자장율사는 크게 낙담하였다.

그렇지만 선덕여왕에게는 이 사실을 차마 알릴 수가 없었다.

"대체 대국통께서는 황룡사 9층탑을 언제까지 이렇게 차일피일 미루고만 있을 작정이십니까?"

"앞으로 한 달만 말미를 주오시면 소승 반드시 착공토록 할 것이옵니다."

"…… 좋습니다. 앞으로 한 달 후에는 무슨 일이 있어도 기어이 착공토록 하시오."

 황룡사 구경을 마친 뒤에 9층탑을 지을 생각이 있으면 다시 찾아올 것이요, 지을 생각이 없으면 그대로 백제로 돌아갈 것이라고 말했던 백제 공장 아비지는 자장율사와 헤어진 지 열흘이 지나도록 그 모습을 나타내지 않았다.

 이는 필시 백제 땅으로 돌아가버린 것이 분명해 보였다.

 자장율사는 크게 낙담하고 다시 한 번 백제 땅에 사람을 잠입시켜 아비지를 강제로라도 붙잡아 와야겠다는 생각을 하고 있었다.

 그러던 어느날이었다.

 절의 승려가 자장율사를 찾는 것이었다.

 "스님, 스님, 스님 안에 계시옵니까?"

 자장율사는 방문을 열고 내다 보았다.

 "그래, 무슨 일이더냐?"

 "예, 스님. 웬 수상한 걸인이 우리 분황사 경내를 기웃거리다가 대중들에게 붙잡혔사온데요……."

 "무엇이? 수상한 걸인?"

 "예. 어디 사는 누구인지, 무슨 일로 왔는지를 말하라고 해도 대답을 하지 아니하고 그저 막무가내로 자장 큰스님만 만나뵙게 해 달라고 떼를 쓰고 있다 합니다요."

 자장율사는 속으로 기뻐서 어쩔 줄을 몰랐으나 겉으로는 내색하

지 않았다.

"이것 보아라."

"예, 스님."

"나를 찾는 손님이 계시거든 마땅히 정중히 모셔야 할 일이거늘 감히 어찌 붙들어 잡고 불경스런 짓을 한단 말이더냐?"

"…… 하오나, 아무래도 좀 수상한 걸인이라 하옵니다."

"나를 찾아온 사람은 걸인이건 병자건 차별이 있어서는 아니 될 것이니 어서 정중히 모시도록 해야 할 것이니라."

"아, 알겠사옵니다. 분부대로 모시겠사옵니다."

이윽고 스님의 시자가 모시고 온 걸인은 틀림없는 백제 장인 아비지였다.

자장율사는 짐짓 크게 놀라며 아비지의 손목을 덥석 잡는 것이었다.

"이 사람, 이게 누구신가! 내가 당나라에 건너가기 전에 나와 함께 호형호제하며 수행하던 그대가 아니신가!"

그러자 아비지도 태연하게 대답하는 것이었다.

"예, 그러하옵니다."

"수행이 어렵다 하여 환속했다는 말은 들었네만 오늘 이렇게 유랑걸식을 하고 있단 말이신가?"

"예, 그러하옵니다."

자장율사는 모여있던 대중들에게 이렇게 말하는 것이었다.
"이것 보아라, 이 사람은 전에 나와 함께 불도를 닦던 도반이었으니 그리들 알고 물러들 가거라."
자장율사의 말에 대중들이 모두 난처한 얼굴로 조용히 그 자리를 물러나갔다.
이렇게 해서 제자들을 물리친 자장율사는 아비지를 데리고 방안으로 들어가 정중히 모셨다.
자장율사는 방안에 들어서자마자 아비지에게 물었다.
"이 사람 아비지, 대체 이게 어찌된 일이란 말이신가?"
아비지는 자장율사의 물음에는 대답하지 않고 웃기부터 했다.
"허허허허, 대사님께서도 가끔씩은 이렇게 거짓을 말씀하시기도 하십니까요?"
"딴전은 그만 피우시고 어서 대답하시게. 대체 그동안 어디에 계셨다는 말이신가?"
자장율사가 급히 물었으나 아비지는 천연덕스럽게 말하는 것이었다.
"소인은 스님께 약조한대로 황룡사 구경을 마친 뒤에 이렇게 다시 찾아 뵈었지 않사옵니까?"
"열흘도 더 지났으니 그동안 나는 몹시 낙담하고 있었네."
"나무를 깎아 9층탑을 세우자면 이 나라에 그만한 재목이 있는

지 없는지 그걸 알아보려고 태백산엘 좀 다녀왔습지요."

"아니, 그러면 그 사이 태백산에 다녀오셨단 말이신가?"

"한아름도 넘는, 낙락장송들이 울창하게 서 있으니 그만하면 목재 걱정은 아니해도 좋을듯 합니다."

"과연…… 과연 그대는 천하 제일의 장인이시네 그려……."

"무턱대고 9층탑을 세우겠다 장담부터 했다가 재목이 없어서 짓지 못하게 되면 그보다 더 큰 낭패가 어디 있겠습니까?"

"그래, 그래. 백 번 천 번 옳으신 말씀이시네. 허면 그대가 분명히 황룡사 9층탑을 지어 주시겠는가?"

"소인이 약조를 드리기 전에 스님께서 소인에게 몇가지 약조를 해주셔야 겠습니다."

"말씀만 하시게. 9층탑만 제대로 지어 주시면 무엇이든 값진 보물을 후하게 상으로 내리실 것이야."

"많은 보물을 상으로 내리시겠다구요?"

"그러하이."

"소인은 많은 보물을 상으로 내리시겠다는 약조는 믿지도 아니하거니와 바라지도 아니합니다."

"그건 또 무슨 말씀이신가?"

"보물을 상으로 받고자 하여 이런 위험한 일을 맡는 것은 어리석은 일이지요."

"······ 어리석은 일이라니?"

"제대로 지어 올리지 못하면 목이 달아날 것이요, 또 제대로 지어 올렸다고 하더라도 많은 보물을 주기 싫으면 죽일 수도 있는 일······."

자장율사는 아비지의 말을 중간에 끊고 노기띤 목소리로 말했다.

"이 사람, 그대는 지금 대체 무슨 소리를 하고 있으신겐가?"

"어렸을 적부터 스승이 당부하신 말씀이니 과히 노여워하지 마십시오."

"허면 대체 날더러 무슨 약조를 해달라는 말이신가?"

"첫째는 탑을 설계하고 짜맞추고 세워 올리는 일에 어느 누구도 간섭하는 일이 없으셔야 할 것이요······."

"그래, 그 약조는 내가 반드시 지키도록 할 것이야."

"둘째로는 소인이 부릴 소장인 이백 명에 잡역부 이천 명을 대령시켜 주실 것이며······."

"그래, 그래. 이백 명 아니라 삼백 명, 이천 명 아니라 삼천 명도 대령시킬 것이야."

"셋째로는 이 9층탑을 황룡사에 조성하는 동안 이 나라에서 굶어 죽는 백성이 단 한 사람도 있어서는 아니될 것이니, 나라에서는 자선을 베풀어야 할 것이옵니다. 스님께서는 이 세 가지를 약

조해 주실 수 있으신지요? 스님께서 약조를 해주신다면 소인은 죽기를 각오하고 반드시 9층탑을 세워 올릴 것이옵니다."

자장율사는 아비지가 말한 첫번째, 두번째 요구는 누가 들어도 당연한 것으로 받아들일 수가 있었다.

그러나 세번째 요구는 좀 엉뚱한 것이었으므로 내심 의아하게 여기지 않을 수가 없었다.

"그래. 듣고보니 참으로 좋은 말씀이신데, 세번째 말씀은 대체 어쩐 연유로 하신 말씀이신가?"

"소인 비록 많이 배우지는 못한지라 나라 다스리는 일에는 무식하옵니다. 하오나……"

"괜찮으니 숨김없이 말씀하시게."

"그동안 나라에서 벌이는 큰 역사에 여러번 나가 일을 해올렸습니다마는 그때마다 뼈 빠지게 고생하는 것은 밑바닥 백성들 뿐이었습니다."

"그래, 그건 맞는 말씀이시네."

"국운이 융창하고 백성이 두루 태평하기를 바라고 한다는 큰 역사에 백성들은 재물을 바쳐야 하고 지독한 운력에 동원되어야 하니, 자칫하면 이러한 큰 역사는 백성을 살리는 일이 되지 못하고 오히려 백성을 핍박하고 궁색케하며 나아가서는 백성을 도탄에 빠뜨리는 일이 되는 수가 많사옵니다. 그래서 소인이 감히 말씀드리는 것이옵니다."

 자장율사는 아비지의 말에 동감하는 듯 고개를 끄덕였다.

 "그래, 잘 알았네."

 "부처님의 진신사리를 모시는 큰 탑을 세워 부처님의 가르침을 세상에 널리 전하고, 바로 그 부처님의 위신력으로 국운융창과 백성의 평안을 빌고자 한다면 이 탑을 세우는 일로 하여 백성들의 원성을 사는 일은 결코 없어야 할 것이옵니다."

 "그래, 그래…… 만에 하나라도 백성의 원성을 사는 일이야 없어야 마땅한 일이지. 허면 그 세 가지 약조 이외에 다른 요구는 또 없으신가?"

 "소인 더 이상 다른 것은 바라지 아니 합니다."

 "허면, 그대에게 상은 대체 얼마나 내려주면 흡족하겠는가?"

 "소인에게 내리실 품삯은 탑을 세운 뒤에 정하실 일이지 미리 약조하실 일이 아닌 줄로 아옵니다."

 "그러면 과연 그대는 언제부터 이 일에 착수해 주시겠는가?"

 "목재도 이미 봐두었거니와 주춧돌로 쓸 석재도 이미 살펴 두었으니 소인은 이제 이 일에 착수한 줄로 아옵니다."

 자장율사는 흡족하여서 얼굴에서 미소가 떠날 줄을 몰랐다.

 "오! 참 그렇구먼. 여보시게 아비지, 참으로 고맙네. 참으로 장한 일이시야."

 "소인에게 이 일을 맡겨 주시니 이는 부처님의 은혜인 줄로 아옵니다."

 자장율사는 드디어 아비지의 확답을 얻어 황룡사 9층탑을 짓는 일이 마침내 시작되었으니, 이 기쁜 소식을 안고 황급히 왕궁으로 달려갔다.

 "기뻐하시옵소서, 여왕마마—. 황룡사에 9층탑을 조성하게 되었음을 알려드리옵니다."

 선덕여왕은 그 소식에 매우 기뻐하는 것이었다.

 "그것 참 듣던 중 반가운 소식입니다. 그런데 공장은 대체 어디서 누구를 불러오기로 하셨습니까?"

 "예. 이미 말씀 올린대로 천하 제일의 공장인 백제 사람 아비지가 맡아주기로 하였사옵니다."

 선덕여왕은 깜짝 놀라며 믿기지 않는다는 듯이 자장율사를 쳐다보았다.

 "아비지라니요? 그러면 그 사람을 기어코 은밀히 붙잡아 왔더란 말씀이십니까?"

 자장율사는 만면에 웃음을 띄우며 고개를 저었다.

 "아니옵니다. 그 사람이 스스로 소승을 찾아와서 기꺼이 부처님 탑을 조성하겠다 약조하고 이미 그 준비에 들어갔사옵니다."

 선덕여왕은 그 대답에 너무도 흡족하여 얼굴이 그 어느때보다도 환해졌다.

"과연 대국통께서는 천리안을 지니고 계십니다 그려. 대체 그 천하의 제일이라는 공장 아비지를 무슨 수로 불러들이셨는지 그 비결을 한 번 말씀해 주시지요."

"아니옵니다. 소승에게 달리 비결이 있었던 것이 아니옵고, 그 사람의 불심이 돈독했던 덕분으로 스스로 마음을 움직여 찾아온 줄로 아옵니다."

"아무튼 잘된 일이니, 9층탑 조성에 차질이 없도록 만전을 기할 것이오. 이 공사의 원만한 성취를 위해 대신급으로 총감독을 정할 것인 바, 대국통께서는 과연 누구를 천거했으면 좋겠습니까?"

"아뢰옵기 황공하오나, 소승의 생각으로는 김춘추의 아버님 되시는 김용춘을 감독관으로 명하심이 좋을듯 하옵니다."

"그러면 그리 하도록 하지요. 그리고 또 달리 도움을 청할 일은 없으십니까?"

"김용춘을 감독관으로 명하시오면, 나머지 일은 감독관과 의논하여 도모코자 하오니 윤허하여 주십시오."

"그러면 그것도 그리 하도록 하시오."

"성은이 망극하옵니다."

이렇게 해서 황룡사 9층탑 조성 공사가 드디어 본격적으로 착공

되기에 이르렀다.

 이 당시의 일을 삼국유사 제3권, 황룡사 9층탑 편에 보면, 당시의 신라 벼슬 십칠 등급 가운데 두번 째 서열의 벼슬에 있던 김춘추의 아버지 김용춘이 바로 이 이 황룡사 9층탑 조성 공사의 감독관이 되었다고 기록되어 있다.

 요즘 세상의 일로 따지자면 장관급을 현장 감독관으로 임명한 셈이니 당시 선덕여왕이 황룡사 9층탑 건립에 얼마나 큰 정성을 쏟았는가를 짐작할 수 있겠다.

 그러나 요즘의 건물로 따져보더라도 무려 삼십 층에 달하는 빌딩이나 마찬가지인 거대한 탑을 세우는 대역사였던 만큼 어려운 일도 한두 가지가 아니었다.

 요즘의 수치로 따지더라도 높이 약 팔십여 미터에 이르는 거대한 탑을 세우는 데는 수많은 인력이 동원되었으니 돌을 운반하다가 다치는 사람, 나무를 베다가 깔리는 사람, 그야말로 크고 작은 사고가 수없이 일어나는 것은 당연한 일이었다.

 자장율사는 황룡사 9층탑 조성 공사가 시작되자, 아예 거처를 황룡사로 옮기고 밤낮으로 이어지는 공사를 독려하고 있었다.

 하루는 아비지가 자장율사를 찾았다.

 "대국통 스님께 아뢰옵니다."

 "그래, 그대가 참으로 고생이 많으시네."

"소인의 고생은 감수하겠사오나 이대로는 도저히 일을 감당할 수가 없겠사옵니다."

자장율사가 놀라서 아비지의 안색을 살피며 물었다.

"일을 감당해내지 못하겠다니, 세상에 그게 무슨 말이신가?"

"대국통께서도 보시다시피, 9층탑을 지어 올리는 일은 세상에 둘도 없는 대역사이옵니다."

"그거야 이 사람아, 내가 어찌 모르겠는가? 천하에 둘도 없는 대역사요, 전에도 없었고 앞으로도 없을 역사중의 대역사인 줄을 누가 모른단 말이던가?"

"하오나 이 역사는 소인 혼자 아무리 미쳐보았자 이루어낼 수 있는 일이 아니옵니다."

자장율사가 답답하여서 아비지를 재촉하였다.

"그래 대체 무슨 말씀을 하려는 겐가?"

"소인이 부리는 소장인 이백여 명의 대접이 말씀이 아니옵고, 이 공사에 동원된 이천여 명의 잡역부들의 대접이 형편이 아니옵니다."

자장율사는 눈을 동그랗게 떴다.

"그럴 리가 있는가? 내 미리부터 감독관에게 누누이 당부를 해 두었거늘 대접이 소홀하다니, 무슨 대접이 소홀하단 말이신가?"

"소인이 부탁한대로 저 사람들 식솔들이 충분히 먹고 살만큼은

양식을 나누어 주어야 될 일이온데 그렇지가 아니합니다."

"양식을 넉넉히 주지 아니한단 말이신가?"

"소인의 말씀을 믿지 못하시겠거든 대국통 스님께서 직접 저 사람들의 집을 가보아 주십시오."

"소장인들의 집에는 한 달에 양식 한 가마씩을 주기로 하였고, 운력나온 잡역부들에게는 반 가마씩 주기로 되어 있거늘 대체 양식이 얼마씩 나온다고 그러시는가?"

"약조한 양식 가운데 절반은 도중에서 없어지고 있사옵니다."

"세상에 원, 아니 그럴 수가 있는가!"

"그뿐만이 아니옵니다. 일을 하다가 몸을 다쳐 자리에 누워있는 사람, 공사중에 크게 다쳐 불구가 된 사람들에게도 당초에 약조한 대로 양식을 내주지 않는다 하옵니다."

자장율사는 그 말이 도저히 믿기지 않았다.

"그럴 리가 있겠는가, 내 당장에 알아보도록 하겠네."

자장율사의 대답에도 아비지는 그 자리를 떠나지 않았다.

그리고는 한 마디를 더 하는 것이었다.

"대국통 스님께서는 참으로 이것을 아셔야 하옵니다."

"어서 말씀하시게."

"백성들의 원성을 들으면서 9층탑을 세우면 결코 부처님께서도 좋아하시지 않을 것이옵니다."

"무슨 말씀인지 잘 알아들었네. 내 반드시 바로 잡을 것이니 아무 염려 마시게!"

자장율사는 곧바로 그 길로 왕궁에 들어가 선덕여왕을 만났다.

"그래, 황룡사 9층탑 공사는 잘되어 간다지요?"

"하오나 긴히 아뢰올 말씀이 있사옵니다."

자장율사의 안색이 심상치 않자, 선덕여왕이 조심스레 물었다.

"무슨 언짢은 일이라도 있다는 말씀이십니까?"

"황룡사에 9층탑을 지어 올리는 일은 장차 부처님의 위신력으로 국운이 융창하고 백성이 두루 평안케 되기를 기원하는 데 그 뜻이 있사옵니다."

"그야 그렇지요. 그런데 대체 무슨 일이 있기에 그러십니까?"

"아뢰옵기 황송하오나 일부 관졸들 가운데 소장들의 양식은 물론이요, 운력에 나온 백성들의 양식을 도중에서 잘라먹고, 심지어는 일하다가 불구된 사람, 일하다가 다쳐서 자리에 누워있는 사람들의 양식을 가로채는 일이 있다 하옵니다."

선덕여왕의 눈이 휘둥그레졌다.

"무엇이라구요? 관졸들 가운데 그런 더러운 일을 하는 자가 있다는 말입니까?"

"바라옵건데 엄히 살피시와 만일 그런 자가 있다면 결코 용납해서는 아니될 줄로 아옵니다."

"알겠습니다. 결단코 그런 더러운 관즐은 용납치 않을 것입니다."

선덕여왕은 화가 나서 얼굴이 붉어졌다.

"또 한 가지 아뢰올 말씀은……."

자장율사는 머뭇거리며 말을 잇지 못하고 여왕의 얼굴만 쳐다보는 것이었다.

"어서 말씀하십시오. 9층탑 건립에 관계된 일이십니까?"

"그렇사옵니다."

"말씀하시지요, 대국통!"

"예. 자고로 나라에서 축성을 하거나 왕궁을 새로 짓거나, 큰 가람을 세우는 일에는 그만큼 나라의 재물이 크게 소용되는 일이온지라 자칫하면 백성들의 원성을 사는 일이 있는 줄로 아옵니다."

"그야 백성들이 그만큼 공물을 더 바쳐야 되고 운력을 더 해야 하니 좋아할 리는 없겠지요."

"그래서 소승 감히 올리는 말씀이옵니다마는, 이런 큰 일을 도모할수록 굶주리는 백성이 행여라도 없는지 소상히 살피시와 자비를 베푸심이 좋을 듯 하옵니다."

"호사다마라고 했으니, 좋은 일을 하면서 백성의 원성을 들을 것이 아니라 미리 보살펴 민심을 보살펴라 그런 말씀이십니까?"

"그러하옵니다."

선덕여왕은 고개를 끄덕였다.
"과연 대국통다우신 자비로움이니, 내 반드시 그렇게 하겠습니다."
"…… 성은이 망극하옵니다."

황룡사에 9층탑을 세우는 일은 그야말로 당시 신라로서는 국력을 기울인 대역사였다.
김춘추의 아버지 김용춘을 감독관으로, 백제의 장인 아비지를 우두머리로 하여 소장인 이백여 명과 수천 명의 연인원이 동원된 가운데 불철주야 강행된 황룡사 9층탑은 착공한 지 3년만인 선덕여왕 15년, 서기 646년 3월에 완공되어 낙성식을 거행하게 되었다.
지금으로부터 무려 일천삼백 년 전 당시 신라의 건축 기술이나 국력이나 다른 재력으로나, 그 거대한 9층탑을 3년만에 완공했다는 것은 참으로 믿기지 않는 일이다.
그러나 우리의 옛문헌인 삼국사기 권 제5편 신라본기의 기록을 살펴보기로 하자.
'3월에 황룡사탑을 창조하니 이는 자장의 청을 청종함이었다.' 라고 분명히 쓰여 있으니 놀라운 일이 아닐 수 없다.

"오! 이 일이 참으로 꿈 속의 일이옵니까, 생시의 일이옵니까?

 저렇게나 높은 9층탑이 우리 서라벌 황룡사에 우뚝 솟다니……. 과연 이것이 생시의 일이옵니까?"

 선덕여왕은 감격스런 얼굴로 9층탑을 바라보며 말을 채 잇지 못했다.

 "기뻐하시옵소서! 이는 위로는 부처님의 은덕이옵고 여왕마마의 성은인 줄로 아옵니다."

 "오! 저 우람한 자태, 성스러운 풍광, 이제는 감히 어떤 외적도 우리 신라를 얕잡아 보지는 못할 것이니 이 탑을 세운 공덕으로 날로 국운이 융창하고 백성이 두루 평안해질 것이오."

 "바로 저 9층탑 한가운데 찰주 안에는 부처님의 진신사리를 나누어 봉안했으니, 그 영험이 나라를 지켜주시고 백성을 두루 보살펴주실 것이옵니다."

 "대국통께서 그동안 참으로 노고가 많으셨으니 그 은덕 세세생생 이 나라 백성들이 잊지 아니할 것이오."

 "성은이 망극하옵니다."

 황룡사 9층탑이 하늘로 찌를듯이 높이 솟아올라 그 당당한 위풍을 자랑하니, 이날 서라벌의 온 백성들은 놀라움과 기쁨에 감격의 눈물을 흘리지 않는 사람이 없었다.

 "이것 보십시오, 대국통."

 "예."

"내 이제 대국통께 큰 상을 내려 이 기쁨을 표시코자 하니, 무엇이든 소원이 있으시면 말씀하십시오."

"참으로 기뻐해 주시온다면 이 기쁨을 만백성과 함께 하시도록 감옥에 갇혀있는 사람들에게 특사령을 내리시와 은혜를 베풀면 그 덕이 온나라에 가득할 것이옵니다."

"과연 대국통께서는 자비로운 분이십니다. 그 말씀을 그대로 쫓아 특사령을 내릴 것이오!"

"성은이 망극하옵니다."

"그리고 또 다른 소원은 없으십니까?"

"그동안 9층탑을 세우느라고 고생한 사람이 수없이 많사옵니다. 불행하게도 목숨을 잃은 사람, 불구가 된 사람도 있었사오니 부디 그 사람들을 위해서 은혜를 베풀어 주시오면 더 이상 소승의 소원은 없겠사옵니다."

"대국통께서는 참으로 자비의 화신이시오. 이 탑을 세우는 일에 고생한 사람들에게, 특히 목숨을 바친 사람, 불구가 된 사람에게는 은급을 내릴 것이며 공장 아비지와 소장들에게도 후한 상을 내리도록 할 것이오."

"성은이 망극하옵니다."

궁궐에서 선덕여왕을 만나고 온 자장율사는 아비지와 함께 흡족

한 마음으로 황룡사 9층탑을 바라보고 또 바라보는 것이었다.

"오! 과연 부처님이 내려주신 영탑이로다. 이것 보시게, 아비지."

"예."

"그대는 참으로 사람의 손길로 저 탑을 세우셨는가, 아니면 천신의 손길을 빌어 저 탑을 세우셨는가?"

"소인 오직 부처님의 가없는 가피력을 입어 저 탑을 지어 올렸을 뿐이옵니다."

"여보시게! 그동안 참으로 노고가 많으셨네."

"아니옵니다, 스님. 소인이 고생한 것은 별로 없사오나 참으로 많은 사람들이 피와 땀을 흘렸사옵니다. 부디 원한이 맺히지 않도록 보살펴 주십시오."

"염려 마시게. 많은 사람들에게 그 은혜가 두루 내려지실 것일세. 그리고 그대에게도 후한 상을 내리실 것이야."

"소인은 이미 저 탑을 세운 것만으로도 후한 상을 받았사오니, 더이상 다른 상은 바라지도 않습니다."

"아니 그게 대체 무슨 말씀이신가?"

"소인 결코 후한 상을 받자고 저 탑을 지어 올린 것이 아니옵니다."

"그대의 지극한 불심이야 어찌 내가 모르겠는가? 허지만 나라에서 내리는 상이니 내일 나와 함께 왕궁에 들어가서 받도록 하시게. 그래야 금의환향하실 것이 아니겠는가?"

"스님의 뜻은 고맙습니다만…… 몸이 고단하니 그만 들어가서 눕도록 허락해 주십시오."

그러고보니 아비지의 안색이 좋지가 않았다.

"그래, 그래. 내가 미처 그 생각을 못했구먼. 어서 들어가서 쉬시도록 하시게."

그러나 그 다음날 아침, 황룡사 9층탑을 세운 백제의 장인 아비지는 그 모습을 홀연히 감추고 말았다.

"여보시게, 아비지! 어디 계신가? 아비지, 아비지, 아비지—."

자장율사가 목이 메이도록 아비지를 부르며 찾아다녔으나 그 모습은 보이지 않았다.

황룡사 9층탑을 기어이 세워 올린 천하 제일의 공장 아비지를 크게 포상하기 위해 왕궁으로 데리고 들어갈 작정이었던 자장율사는, 아무리 찾아 헤메여도 아비지의 모습이 보이지를 않자 그 실망이 말할 수 없을 만큼 컸다.

"이것 보아라, 거기 누구 없느냐?"

"예, 스님. 부르셨사옵니까?"

"그래, 너 혹시 아비지를 만나지 못하였느냐?"

"예, 오늘 아침에는 뵌 일이 없사옵니다."

"이것 보아라."

"예, 스님."

"어서 사람을 풀어 아비지가 어디 있는지 찾도록 할 것이요, 그 사람을 찾게 되면 지체없이 내 앞으로 모셔와야 할 것이니라."

"예, 스님."

"황룡사에는 물론 분황사에도 사람을 보내 알아보도록 해야 할 것이야."

"예, 스님. 분부대로 거행하겠습니다."

그러나 아비지의 모습은 황룡사에서도 분황사에서도 찾을 수가 없었다.

자장율사는 참으로 안타까운 심정을 감출 길이 없었다.

그런데 그때 한 승려가 급히 자장율사에게 뛰어오는 것이었다.

"대국통 스님께 아뢰옵니다."

"그래, 무슨 소식이라도 가져왔느냐?"

"예, 소승이 혹시나 해서 9층탑에 들어갔다가 여기에 이 서찰 한 통을 발견하였사옵니다."

자장율사는 승려가 품 속에서 꺼낸 서찰을 급히 받았다.

"이것이 대체 무슨 서찰이던고?"

"백제 공장 아비지가 대국통 스님께 올리는 서찰인가 하옵니다."

"무엇이? 아비지의 서찰이라구?"

자장율사는 급히 서찰을 펼쳐 보았다.

"아니, 이것은 필경 아비지의 필체가 아니더냐?"

아비지는 자장율사에게 한 자 한 자 정성껏 쓴 서찰을 남긴 것이었다.

'대국통 스님께 삼가 아뢰옵니다. 소인 아비지는 백제의 백성으로 일찍이 부처님의 보살피심을 얻어 재목을 깎고 다듬어 가람 짓는 일을 손에 익혔더니 급기야는 부처님의 은혜와 대국통 스님의 은덕을 입어 멀리 이곳 신라 땅에 와서 천하에서 가장 높고, 천하에서 가장 크고, 천하에서 가장 성스러운 9층탑을 세우고, 그 탑 안에 부처님의 진신사리를 봉안하는 광영을 누렸사옵니다.

세상에 더 이상 바랄 것이 또 무엇이 있겠사옵니까?

하오나 소인이 황룡사 9층탑을 지어 올리는 도중 꿈을 꾸었사온데, 소인의 나라 백제가 멸망하여 불바다가 되는 형상을 보았사옵니다.

해서 소인은 황룡사 9층탑을 지어 올리는 일을 중도에 포기하고 달아날 생각도 아니한 것은 아니오나, 부처님의 진신사리를 봉안하는 성스러운 일인지라 감히 중도에 포기하지 못한 채 죽기를 맹세코 황룡사 9층탑을 지어 올렸나이다.

하오나, 이제 황룡사에 부처님 진신사리를 봉안한 9층탑의 위신력으로 하여 장차 신라의 국운이 융창케 되면 머지 아니해서 소인

의 나라 백제는 국운이 쇠퇴하여 망하게 될 것이니, 어찌 백제의 백성된 자의 도리에 마음이 편할 수 있겠사옵니까?

그래서 소인 금은보화를 얻어 고향으로 돌아가 치사한 호사를 누리느니, 차라리 산 속으로 들어가 초근목피로 연명하여 이 기구한 업보를 닦고자 하오니 부디 대국통 스님께서는 혜량하여 주십시오.

신라땅 황룡사에 9층탑 세워
부처님 은혜는 갚았사오나
내 나라 백제를 배신한 이몸
과연 어찌해야 죄닦음을 하리요.'

아비지의 편지를 다 읽은 자장율사는 마치 앞에 아비지가 있기라도 한듯 큰 소리로 말하는 것이었다.

"오! 여보시게, 아비지. 내 미처 그대의 그 괴로움을 헤아리지 못했네 그려. 용서하시게. 아비지, 부디 용서하시게."

자장율사는 선덕여왕 앞에 나아가 아비지의 일을 사실대로 아뢰었다.

"아니 그러면 그 천하명장 아비지가 모습을 감추었단 말이십니까?"

"그러하옵니다."

"내 그에게 후한 상을 내려 호의호식하게 해줄 작정이었거늘 부귀영화를 마다하고 종적을 감추다니요?"

"아비지로 말씀을 올리자면 그 사람은 세속의 부귀영화를 얻고자 9층탑을 세운 것이 아니오라 부처님의 은혜에 보답코자 그 일을 맡은 것이오니, 이는 세속의 이해타산으로는 따질 일이 아닌 줄로 아옵니다."

"그러면 내가 군졸을 풀어서라도 아비지라는 그 사람을 찾아오도록 하면 어떻겠습니까?"

"아니옵니다. 그 사람을 찾아내어 상을 내리시면 그것은 오히려 그 사람을 욕되게 하는 일이 될것이오니 그 사람 뜻대로 내버려 두는 것이 좋을 것이옵니다."

자장율사는 아비지의 그 괴로움이 뼈속까지 스며드는 듯해 더이상 아무말도 할 수 없었다.

12
선인선과요, 악인악과라

 자장율사는 황룡사에 9층탑을 세운 내력을 기록하는 황룡사 탑기에 백제 공장 아비지의 공적을 자세히 밝히도록 하여 세세생생 아비지의 이름과 공덕을 기리도록 하였다.
 그리고 자장율사는 황룡사 9층탑의 건립을 계기로 해서 백성들의 생활 자세를 바로 잡고 도덕과 윤리를 바로 세우기 위해 팔관재 법회를 열기로 하였다.
 하루는 선덕여왕이 자장율사를 불러서 물었다.
 "팔관재 법회를 열겠다고 하셨습니까?"
 "그렇사옵니다."
 "대체 무슨 까닭으로 그런 법회를 열어야 한다는 말씀이신지요?"
 "국운이 융창하고 백성들이 태평하자면 반드시 팔관재 법회를 열어야 할 것이옵니다."

"이것 보십시오, 대국통 스님!"

"예."

"우리는 이미 황룡사에 9층탑을 세우고 그 탑 안에 부처님의 진신사리를 정성껏 모셨으니, 그 크신 부처님의 위신력과 공덕으로 국운융창이 저절로 이루어질 일이거늘 새삼스럽게 또 무슨 법회를 열어야 한다고 그러십니까?"

"아뢰옵기 송구하오나 부처님의 위신력과 공덕이 아무리 크다고 하신들 백성들이 어리석어 제대로 섭수하지 못하면 아무 소용이 없을 것이옵니다."

"백성들이 어리석으면 소용이 없을 것이라니, 그건 또 어찌된 말씀이십니까?"

"비유하여 말씀드리자면, 해마다 춘삼월은 돌아오지만 바로 그 춘삼월에 농사를 준비하지 아니하고, 씨앗을 뿌리지 아니하면 아무 소용이 없는 것과 같다고 할 것이옵니다."

선덕여왕은 고개를 갸우뚱거렸다.

"무슨 말씀인지 얼른 알아듣지 못하겠으니 좀 더 자세히 일러보도록 하시오."

"예. 농사를 제대로 잘 짓자면 때 맞추어 땅을 갈고, 씨를 뿌릴 것이요, 때 맞추어 김을 매고, 때 맞추어 물을 가두기도 하고, 장마

철에는 물꼬를 터서 물이 잘 빠지도록 해야 할 것이옵니다."

"그야 세 살 먹은 어린 아이들도 다 아는 일이 아니겠습니까?"

"하오나 어리석은 중생들이온지라 제대로 시행키는 어려운 줄로 아옵니다."

"그러면 대체 팔관재 법회를 열어 무엇을 어찌 하겠다는 말씀이 십니까?"

"예, 팔관이라 함은 여덟 가지를 금한다 함이니, 사찰마다 법회를 열어 백성들로 하여금 여덟 가지 나쁜 짓을 금하게 하면 백성들이 고루 평안할 것이요, 백성들의 심성이 착해질 것이옵니다."

선덕여왕이 고개를 끄덕이며 다시 물었다.

"그러면 여덟 가지 나쁜 짓은 대체 어떤 것을 이름입니까?"

"예, 이 팔관재 계는 출가하지 아니한 재가 불자들이 반드시 받들어 지켜야 할 여덟 가지이니, 생명있는 중생을 죽이지 말 것이요, 남의 물건을 훔치지 말 것이며, 삿된 음행을 하지 말 것이요, 거짓말을 하지 말 것이며, 술을 마시지 말 것이요, 꽃다발을 쓰거나 향을 바르고 노래하고 춤추고 풍류를 잡혀서는 아니될 것이며, 높고 넓고 잘 꾸민 평상에 앉지 말 것이며 때 아닐 적에 먹지 말아야 할 것이옵니다."

"죽이지 말라, 훔치지 말라, 사음치 말라, 거짓말 하지 말라, 술을 마시지 말라, 그건 이미 나도 알고 있습니다마는 꽃다발을 쓰거나 향을 바르거나 노래하고 춤추고 풍류를 잡히지 말라는 것은 지나치지 않습니까?"

"꽃다발을 쓰거나 향을 바르거나 노래하고 춤추고 풍류를 잡히지 말라는 계는 곧 사치와 허영과 방탕을 금하라는 말씀이옵니다."

"허면 또 높고 넓게 잘 꾸민 평상에 앉지 말라는 것은요?"

"예, 남들은 한 칸짜리 토담집도 없어서 토굴을 의지하여 살고 있거늘 일부 부유층에서는 으리으리한 집을 짓고 호사를 누리니, 이를 삼가라는 뜻이옵니다."

선덕여왕은 그제서야 고개를 끄덕이는 것이었다.

"듣고보니 과연 팔관재 법회는 모든 백성들을 위해 좋은 법회가 될 것 같습니다. 그럼 대국통 뜻대로 열도록 하십시오."

이렇게 해서 자장율사는 분황사, 황룡사는 물론이요, 모든 사찰마다 팔관재 법회를 열고 어리석은 중생들을 제도하게 하였다. 요즘 말로 비유하자면, 1300여 년 전에 이미 일대 국민 정신 개혁 운동을 대대적으로 벌인 셈이었다.

그러나 자장율사의 이러한 일대 정신 개혁 운동을 이해하지 못한 계층에서는 불평과 불만이 일어나기도 하였다.

하루는 흥륜사의 주지가 자장율사를 찾아왔다.

"흥륜사 주지, 대국통 스님께 아뢰옵니다."

"그래, 무슨 말씀이던가?"

"아뢰옵기 송구하옵니다마는 그동안 일부 사찰, 일부 승려들은 백성들에게 이르기를 부처님 전에 시주하고 불공만 잘 올리면 오복을 다 받게 된다고 하였습니다."

"그래서……?"

"하온데 이번에 사찰마다 팔관재 법회를 열고 이것도 하지 말라, 저것도 하지 말라, 그래야만 복을 받는다 하면 부처님의 위신력이 땅에 떨어지는 것이 아닌가 하옵니다."

"이것 보시게!"

"예, 스님."

"내가 팔관재 법회를 열어 재가자들을 제도하는 것도 급하지만, 우선 출가자들부터 깨우쳐 주는 것이 화급한 일이니 모든 대중들을 한 자리에 다 모이도록 하시게."

"예, 스님. 분부대로 하겠습니다."

아직도 우리나라 불교 신자들 가운데는 덮어놓고 부처님께 불공만 열심히 올리면 복을 받는다고 믿는 사람들이 일부 남아 있으니, 지금으로부터 1300여 년 전에야 더 많았을 것은 당연한 일이었다.

자장율사의 분부대로 출가자들이 한 자리에 모였다.

대중들이 웅성거리는 가운데 자장율사가 주장자로 쿵! 쿵! 쿵! 바닥을 내리쳤다.

"여기 있는 대중들은 귀를 열고 잘 들어야 할 것이야! 일찍이 우리 부처님께서는 인과법을 설하셨으니 선인선과요 악인악과라, 좋은 씨앗을 심으면 좋은 열매가 열릴 것이요, 나쁜 씨앗을 심으면 나쁜 열매가 열릴 것은 이미 정해진 이치이거늘, 아직도 일부 무지한 출가자들은 덮어놓고 부처님께 시주만 많이 하고, 덮어놓고 부처님께 불공만 많이 올리면 무병장수하고 오복을 두루 받는다 하여 그릇된 길로 인도하고 있으니, 이는 혹세무민하고 백성의 눈과 귀를 속여 재물을 훔치는 도적과 같음을 어찌 모르는가!"

여기까지 말한 자장율사는 다시 한 번 주장자로 바닥을 내리쳤다.

"일찍이 우리 부처님께서는 모든 길흉화복은 자작자수요 자업자득이라, 제 손으로 지어서 제 손으로 받고, 제가 제 몸으로 지어서 제 몸으로 받는다 하였거니와 아직도 일부 무지한 출가자가 있어 모든 길흉화복을 부처님이 내리신다고 거짓을 농하여 어리석은 백성으로부터 재물을 바치게 하는 자가 있으니, 이런 자는 참다운 부처님의 제자라고 할 수가 없을 것이요. 부처님을 속이고 중생을 속이는 이런 마구니는 마땅히 스스로 승복을 벗어놓고 산문 밖으로 나가야 할 것이야!"

자장율사는 다시 한 번 주장자로 내리친 후 다시 말을 이었다.

"내 이미 대국통으로서 사찰마다 팔관재 법회를 열어 중생을 널리 제도하라 일렀거니와 여기 모인 대중들은 내가 묻는 말에 대답해야 할 것이야!"

자장율사는 주위를 둘러보다가 흥륜사 주지스님이 눈에 띄자 앞으로 불러냈다.

"저기 앉아있는 흥륜사 주지는 앞으로 나오시게!"

"예, 스님."

자장율사의 부름에 흥륜사 주지스님이 앞으로 걸어나가자, 대중들이 웅성거리기 시작하였다.

자장율사는 주장자로 바닥을 내리치고는 대중들을 둘러보았다.

"여기 모인 대중들은 입을 닫고 귀를 열어 잘 듣고 스스로 대답해야 할 것이야. 흥륜사 주지는 대답하시게! 우리 절마당 앞에 있는 저기 저 연못에 내가 돌멩이 하나를 던지면, 그 돌멩이는 과연 어찌 될 것인고?"

"예, 연못 물 속으로 가라앉을 것이옵니다."

"허면, 물 속에 가라앉은 돌멩이를 물 위로 떠오르게 해달라고 내가 불공을 드리고, 그대가 불공을 드리고, 여기 있는 모든 대중들이 불공을 드리면, 그 돌멩이가 과연 물 위로 떠오르겠는가?"

흥륜사 주지스님은 아무 말도 못하고 그저 자장율사의 얼굴만 빤히 쳐다보는 것이었다. 대중들도 서로 얼굴만 쳐다볼 뿐 아무런 말이 없었다.

"그대는 어찌하여 대답이 없는고?"

"돌멩이는 물 위로 떠오르지 아니 할 것이옵니다."

"허면 여기 있는 대중들은 일러라. 돌멩이는 떠오르겠는가?"

"떠오르지 아니 할 것이옵니다."

대중들이 일제히 대답하자, 자장율사는 다시 대중들을 둘러 보았다.

"그러면 이번에는 저기 저 한쪽에 앉아 있는 비구니, 이리 나오시게!"

대중들이 다시 웅성거리기 시작했다. 잠시 후 자장율사에게 지적을 받은 비구니가 자리에서 벌떡 일어섰다.

"예, 스님."

주위가 시끄럽자 자장율사는 다시 주장자로 바닥을 세 번 내리쳤다.

"쿵! 쿵! 쿵!"

주위가 일순 조용해지자 자장율사는 비구니를 쳐다보았다.

"내가 묻는 말에 대답해야 할 것이니……."

"예."

"이 서라벌에 한 도적이 있어, 밤마다 남의 집에 들어가 도적질

을 하면서 그 도적질한 재물로 부처님 전에 시주를 하고 불공을 드리면 과연 부처님께서는 그 도적을 어여삐 여기시고 복을 내려 주시겠는가?"

"아니옵니다. 결코 그런 도적에게는 복을 내려 주지 아니 하실 것이옵니다."

자장율사는 대중들을 쳐다보았다.

"대중들은 모두 일러라! 과연 부처님께서는 그 도적에게도 복을 내리시겠는가?"

"아니옵니다. 복을 내리시지 아니 하실 것이옵니다."

대중들이 대답하자, 자장율사는 다시 물었다.

"허면, 내가 한 가지 더 물을 것이니라. 협잡배, 건달, 도적들을 잡아들여야 할 소임을 맡고 있는 벼슬아치가 협잡배, 건달, 도적들로부터 더러운 뇌물을 받아 먹고 그들을 비호하며 그 더러운 재물로 부처님께 시주하고 불공을 드리면, 그 벼슬아치는 과연 복을 받겠는가?"

비구니가 대답하였다.

"아니옵니다. 그런 벼슬아치는 결코 복을 받지 못할 것이옵니다."

자장율사는 주장자로 바닥을 쿵쿵 친 후, 대중들을 둘러보았다.

"그대들은 모두 대답을 바로 했느니라. 그런데도 그대들은 어찌

하여 어리석은 중생, 가엾은 중생들을 그른 길로 인도하는가?

 제 손으로 살생을 많이 하는 자, 남을 시켜 살생을 많이 하게 하는 자, 남의 재산을 빼앗고 남의 재물을 훔치고, 국록을 먹으면서 더러운 뇌물을 먹는 자, 남의 눈을 속이고 부당한 이익을 남기는 자, 이런 자들은 모두가 마구니요, 도적이거늘 이런 자들이 시주만 많이 하면 어쩌자고 반가이 맞이한단 말이던가?

 사찰마다 팔관재 법회를 열어 중생을 제도하라 함은 어리석은 중생들로 하여금 여덟 가지 죄악을 떠나게 하여 복 지을 착한 일을 많이 하도록 인도하라 함이니라.

 죄를 한 번 지은 뒤에 백 번 천 번 참회하는 것보다는 미리 죄를 짓지 아니 하고 한 가지 착한 일을 하는 것이 백 배 천 배 좋은 일이니라.

 그대들은 모두 팔관재 법회의 참뜻을 깨달아 저 가엾은 중생들을 제도해야 할 것이야!"

 자장율사는 주장자로 바닥을 쿵쿵쿵 내리친 후 법문을 마쳤다.

 자장율사는 신라 백성들을 부처님의 가르침 하나로 바르게 인도하여 살생이 없고, 다툼이 없고, 거짓과 도적이 없고 사치와 허영과 방탕이 없는 살기 좋은 세상을 만들고자 사찰마다 팔관재 법회를 열게 했으니, 이 당시 신라의 백성들 가운데 열이면 아홉이 부

처님을 신봉했고 사람마다 보살계를 받아 지니기를 소원하게 되었다.

이렇듯 신라의 모든 백성들 사이에 불교가 숭상되고 승려들이 존경받게 되자 왕족과 귀족들의 자식들 가운데서도 삭발 출가하기를 원하는 사람들이 갈수록 늘어나게 되었다. 그래서 나중에는 출가를 허락받으려면 엄격한 시험을 통해야만 자격을 얻을 수 있기에 이르렀다.

그러자 자장율사는 팔관재 법회를 열어 중생제도에 나서는 한편으로 사찰마다 포살법회를 열어 출가 승려들의 수행 자세를 바로 잡기로 하였다.

선덕여왕이 자장율사에게 물었다.
"듣자하니 사찰마다 포살법회를 열기로 하셨다고 하던데, 그게 사실인가요?"
"그렇사옵니다. 매 월 보름 날과 그믐 날에 포살법회를 열도록 하였사옵니다."
"그러면 포살법회는 팔관재 법회와 어떻게 다른 법회인지요?"
"예, 팔관재 법회는 재가불자들을 위해서 여는 법회입니다만 포살법회는 출가 승려들을 위한 법회라고 하겠사옵니다."
"그러면 스님들만 따로 모여서 법회를 여신단 말씀이십니까?"

"그렇사옵니다. 매월 보름 날과 그믐 날에 출가 승려들이 모여 법회를 열고 부처님이 이르신 계율을 배우고 다지는 한편, 지나간 보름 동안 계율을 어기고 잘못한 일이 있으면 스스로 여러 승려들 앞에 나가 잘못을 공개하고 참회하는 법회이옵니다."

선덕여왕이 조그맣게 소리를 내며 웃었다.

"아니, 그러면 스님들도 잘못을 저지르는 일이 있으시다는 말씀이십니까?"

"출가 수행자도 육신을 거느린 중생인지라 때로는 부처님 계율을 어기고 잘못을 저지르는 일이 있다고 할 것이옵니다."

"원 저런…… 허면, 만약에 부처님 계율을 어기고 잘못을 저지른 연후에 포살법회에서도 스스로 그 잘못을 밝히지 아니 하면 어찌 되는지요?"

"만일 부처님 계율을 어기고 잘못을 저지른 연후에도 그 죄를 숨기고 포살법회에서도 참회를 아니 했다가 훗날 그 잘못이 밝혀지게 되면 그땐……"

"그때엔 대체 어떤 벌을 받게 되는 것인지요?"

"죄의 무겁고 가벼움에 따라 벌 또한 여러 가지가 있사옵니다. 만일 불살생계를 어겼거나, 도적질한 죄를 지었거나, 음행을 저질렀을 경우에는 바라이 죄라 하여 산문에서 내쫓기는 벌을 내리도록 되어 있사옵니다."

"허허허, 그래요? 그러고 보니 삭발 출가하여 스님 노릇하기도 쉬운 노릇이 아니겠습니다."

"비구는 지켜야 할 계율이 이백 오십 가지요, 비구니는 지켜야 할 계율이 무려 삼백 마흔 여덟 가지나 되고 있사옵니다."

"그러니까 한 달에 두 번씩 포살법회를 열어 그 계율을 엄히 지키도록 다짐한다는 뜻이십니까?"

"그렇사옵니다. 무릇 출가 수행자는 모든 중생들의 사표가 되어야 하므로 일거수 일투족도 부처님 계율에 어긋남이 있어서는 아니 될 것이라 스스로 그 자세를 바로 잡자는 뜻이지요."

"옳은 말씀이십니다. 내가 그러지 아니 해도 일부 스님들 가운데는 행실이 반듯하지 못한 사람들이 더러 있다는 소리를 들었기로 언제 한 번 대국통께 말씀을 드리려던 참이었습니다."

"참으로 부끄럽고 송구하기 이를 데 없사옵니다. 소승이 앞으로는 추호도 계율을 어기는 승려가 없도록 승풍을 확립시킬 것이오니, 심려 놓으십시오."

자장율사는 모든 사찰에 엄한 분부를 내려 매 월 보름 날과 그믐 날, 두 차례에 포살법회를 열도록 하고 승려들 스스로 부처님의 계율을 다시 한 번 확인하여 만일 잘못이 있으면 스스로 대중들 앞에 잘못을 공개하고 참회하게 하였다.

"여기 모인 주지들은 잘들 들으시게."

"예, 스님."

"만일 앞으로 어떤 사찰이거나 한 달에 두 번 포살법회를 열지 아니 하면 엄히 문책할 것이니 그리들 아시게."

"예, 스님."

"앞으로는 매 년 춘추 두 번에 걸쳐 모든 승려들로 하여금 시험을 치루게 하여 학덕을 쌓고 기강을 바로 세우게 할 것이니, 만일 시험을 치루어 일정한 수준에 이르지 못하는 자는 가차없이 산문 출송토록 할 것이니, 이 점을 각별히 유념토록 할 것이니라."

"예, 스님."

"앞으로는 수시로 감찰을 전국에 파견하여 은밀히 지계생활을 검열할 것이니, 이 점을 각별히 유념토록 하시게!"

자장율사는 당시 신라 주요 사찰의 주지들을 한 자리에 모아놓고, 출가 수행자가 부처님의 계율을 왜 철저하게 지켜야 하는가를 몇 번이고 몇 번이고 다짐하여 강조하였다.

"내 그대에게 물을 것이니, 흥륜사 주지는 대답하시게."

"예, 스님."

"속가에 있는 사람들이 어쩐 까닭으로 그대를 스님이라고 부르는지 알고 계시는가?"

"예, 삭발한 까닭으로 스님이라 부를 것이옵니다."

"허면, 어떤 농부가 머리에 땀이 나는 것이 귀찮아서 스스로 머

리를 잘라버렸다면 그 농부도 스님이라 부르겠는가?"

"그, 그렇지는 아니 할 것이옵니다."

"그러면 삭발한 까닭만으로 스님이라 부른다는 말은 틀린 말이 아니던가?"

"예, 회색 염의를 입고 있기로, 그래서 스님이라 부를 것이옵니다."

"허면 어떤 장사하는 사람이 절간 옆을 지나 가다가 승복 한 벌을 빌려 입고 가면 그 사람도 회색 염의를 입었으니 스님이라고 부를 것인가?"

"그, 그렇지는 아니할 것이옵니다."

"허면 대체, 어쩐 까닭으로 그대들을 출가 수행자라 부르고, 스님이라고 부르는지 그 까닭을 모르겠는가?"

"예, 저…… 그것은 저희들 출가 수행자들이 아내를 두지 아니하고 독신으로 사는 까닭에 그래서 수행자라 할 것이옵니다."

"그러면 아내를 얻지 아니한 채 노총각으로 혼자 사는 사람, 아내를 사별한 채 홀아비로 혼자 사는 사람도 수행자란 말이던가?"

"그, 그건 아니옵니다만……."

"그대들은 똑똑히 알아두어야 할 것이야. 머리를 깎았다고 해서 스님이 아니요, 염의를 입었다고 해서 스님이 아니요, 독신으로 산다고 해서 스님이 아니요, 부처님의 말씀을 많이 배웠다고 해서 스님이 아니니, 부처님의 가르침대로 살아야 스님이요, 부처님의 행하심대로 행해야 스님이요, 부처님의 지혜를 깨달아야 진정한 스님이니, 부처님이 이르신 계율, 부처님이 이르신 가르침, 부처님이 보여주신 진리와 지혜, 이 세 가지에서 한 치도 어긋남이 있으면 결코 진정한 부처님의 제자라 할 수 없는 법! 부처님께서는 수행자들에게 이렇게 이르셨어!"

'모름지기 수행자는 눈에 보이는 것을 탐내지 말라. 천박한 이야기도 듣지 말라. 맛에 탐착하지 말 것이며, 이 세상에 있는 어떤 것이라도 내것이라고 집착하지 말라!

고통을 겪을 때라도 비탄에 빠지지 말며, 살아남기를 탐내지도 말라.

무서운 것을 만났을 때도 두려워 말 것이요, 음식이나 옷을 얻더라도 쌓아두지는 말라!

잠을 많이 자서는 아니될 것이며 부지런히 수행하고 늘 깨어 있으라!

거짓과 오락과 이성간의 교제와 겉치레를 벗어 던지고, 해몽을 하거나 관상을 보거나 점을 쳐서는 아니될 것이다.

비난을 받더라도 두려워 말 것이며, 칭찬을 받더라도 우쭐거리지 말라!

　수행자는 모름지기 탐욕과 인색과 성냄과 욕설을 멀리 해야 하나니, 이익을 남기기 위해 장사를 해서는 아니될 것이요, 남을 비방해서는 아니될 것이며, 거만해서도 아니될 것이니, 수행자는 이 이치를 알아 잘 분별하고 늘 조심해서 배워야 할 것이다.
　또한 수행자들에게 계율은 곧 스승이니 계율 지키기를 목숨 지키듯 해야 할 것이니라.'

　"우리 부처님께서 이렇게 엄히 이르셨거늘 부처님의 제자라는 우리 수행자들이 부처님이 정해 놓으신 계율을 어기면서 감히 어찌 수행자라고 자처할 수 있을 것인가!
　허면 이번에는 부처님께서 계율을 정하신 열 가지 목적을 물을 것이니 어디 한 번 그대가 대답을 해보시게."
　자장율사는 한 비구니를 가리켰다.
　"대체 부처님께서는 어쩐 까닭으로 계율을 제정하셨던고?"
　"예, 부처님께서는 첫째로 승단을 이루고 유지하기 위해서 계율을 제정하셨사옵니다."
　"그 다음 까닭은 또 무엇이던가?"
　"예, 둘째는 승단의 안락을 위해서였사옵니다."
　"그리고, 그 다음은?"
　"예, 나쁜 비구 조복받기 위해서였습니다."

"네 번째 까닭은 또 무엇이던가?"

"예, 네 번째 까닭은 좋은 비구, 착한 비구를 안락하게 하기 위함이셨고, 다섯 번째는 현세의 번뇌를 끊게 하기 위함이셨으며, 여섯 번째는 내세의 번뇌를 끊게하기 위함이셨사옵니다."

"바로 말하셨네. 그리고 일곱 번째는 믿지 아니하는 자로 하여금 믿음을 대비하기 위함이요, 여덟 번째는 이미 믿는 자에게는 그 믿음을 더욱 견고하게 해주기 위함이요, 아홉 번째는 부처님의 정법이 세세생생 오래오래 머물도록 하기 위함이셨네. 그러면 마지막 열 번째는 또 무엇이던고?"

"예, 계율을 소중히 하도록 하기 위함이셨습니다."

"그래, 바로 답하셨네. 우리 수행자들이 부처님의 계율을 바로 받들어 잘 지키면 부처님의 바른 법 또한 세세생생 머무를 것이요, 수행자들이 계율을 제대로 지키지 아니하면 그 법 또한 사라질 것이니, 이점을 그대들은 명심해야 할 것이야!"

13
도리천에 묻어주시오

　자장율사는 안으로는 포살법회를 열어 승단의 계율을 엄히 바로 잡고, 밖으로는 팔관재 법회를 열어 재가불자들의 생활규범을 바로 잡아 당시 신라 사회에 새로운 기풍을 진작시켰으니 이러한 연유로 자장스님을 자장율사라 부르게 되었고 우리나라 불교 율종의 개창자라고 칭하게 된 것이다.
　그런데 자장율사는 황룡사에 9층탑을 세운 데 이어 지금의 경상남도 양산군 하북면 영축산 밑에 통도사를 짓고, 9층탑에 봉안하고 남은 부처님 진신사리를 통도사 금강계단에 나누어 봉안하였다.
　통도사를 짓는 일을 책임맡았던 승려가 자장율사에게 말했다.
　"스님, 여기 이렇게 큰 가람을 지어놓고 보니 참으로 기쁘기 한량 없습니다요."

"그래, 그동안 이 큰 가람을 지어 올리느라고 그대가 고생이 참으로 많으셨어."

"아, 아니올습니다요. 하온데 스님."

"왜 그러시는가?"

"이 큰 법당에 부처님 상을 모시지 아니하는 까닭은 무엇이온지요, 스님?"

"오 참! 내가 그 까닭을 아직 그대에게 말해주지 아니했었구먼."

"예."

"이 절 통도사에는 이미 금강계단을 모시지 아니했는가?"

"그야 모셨습지요."

"그 금강계단에 부처님 진신사리를 봉안했네."

"아니 하오면 그때 그 보물함에 담아서 봉안하신 것이 바로 부처님 진신사리란 말씀이시옵니까요?"

"그래, 행여라도 그 말이 퍼지면 욕심내는 자가 있을까 하여 발설을 아니 했네마는 바로 저 금강계단에 봉안한 사리가 부처님 진신사리일세."

"아이구, 예. 소승은 그저 그것도 모르고……."

"부처님 진신사리를 모신 도량에는 원래 부처님 상을 따로 모시지 않는 법이라네."

"아, 예. 하오면 이 통도사 큰 법당에는 두고두고 불상을 모시

않게 되겠습니다요?"

"암, 그래야지."

천 년 고찰 경상남도 양산 통도사에는 지금도 당시에 자장율사가 세운 금강계단이 그대로 남아있고 오늘날에도 통도사 큰 법당에는 불상을 모시지 아니해서, 처음 찾아간 사람들을 의아하게 하고 있는데, 바로 이 통도사 금강계단에 부처님 진신사리를 모신 까닭에 법당에 따로 불상을 모시지 않는 것이다.

지금으로부터 1,300여 년 전 자장율사가 중국 오대산에서 문수보살을 친견하고 얻어온 부처님 진신사리를 봉안한 곳이 바로 통도사 금강계단이다.

이때 자장율사는 통도사에 머물면서 새로 입산출가하여 수행하기 시작한 젊은이들을 지도하고 있었다.

하루는 시자 소임을 맡은 승려가 급히 자장율사에게 뛰어오는 것이었다.

"스님, 스님, 대국통 스님—."

"아니 대체 무슨 일이기에 그리도 숨이 넘어간단 말이던가?"

"아이구 스님, 어서 서두르셔야겠습니다요."

"서두르라니, 무슨 일이던가?"

"대국통 스님께서는 잠시도 지체하지 마시고 왕궁으로 듭시라는 급한 전갈이옵니다요."

"무엇이? 왕궁으로?"

"예에."

자장율사는 지체없이 곧바로 왕궁으로 들어갔다. 그런데 왕궁으로 들어가보니 뜻밖에도 선덕여왕이 병석에 누워 있는 것이었다.

"아니, 마마께서 이렇듯 병석에 누워계시오다니 이 어인 일이시옵니까?"

선덕여왕은 힘없이 말했다.

"대국통께선 참으로 잘 와주셨습니다. 다른 사람들은 통 내 말을 믿어주질 아니하니, 그래서 대국통 스님을 뵙자고 하였습니다."

"분부 계시오면 하교하십시오."

"이것 보십시오, 대국통 스님."

"예."

"나는 이달 초여드렛 날에 세상을 떠날 것이오."

자장율사는 깜짝 놀랐다.

"예에? 아니 대체 무슨 말씀이시옵니까?"

"대국통께서는 내 말을 믿어주실 것이니, 부탁이 한 가지 있습니다."

"세상에…… 이 어인 말씀이시옵니까?"

선덕여왕은 잠시 숨을 몰아쉰 후, 다시 자장율사에게 말했다.

"잘 들으시오!"

"예, 마마."

"내가 죽거든 도리천에 묻어주도록 하시오."

"도리천이라 하옵시면 부처님 말씀에 나오는 그 도리천 말씀이시옵니까?"

선덕여왕이 가볍게 미소를 지으며 고개를 끄덕였다.

"그래요! 우리 서라벌 가까운 남산 남쪽에 도리천이 있을 것이오."

"…… 아, 알겠사옵니다. 소승 반드시 어명을 받들어 지킬 것이오나, 지금 가시면 아니 되시옵니다."

"대국통께서 나에게 부처님의 말씀을 가르쳐 주셨거늘, 생자필멸이요 회자정리라…… 태어나면 반드시 죽고, 만나면 반드시 헤어지는 것이 정해진 이치이니 왕이라고 한들 어찌 이를 거역할 수 있겠습니까?"

선덕여왕이 이렇게 마음을 이미 다 정리한 듯 말하니 자장율사는 다른 말을 할 수가 없었다.

"하오면 달리 또 당부하실 말씀은 없으시옵니까?"

"대국통께서 오래오래 사시어 우리 신라를 튼튼한 반석 위에 올려놓아 주시오."

신라 제 27대 선덕여왕이 예언했던대로 즉위 16년 정월 초드렛 날에 여왕이 세상을 떠났으니, 유언대로 남산 남쪽 도리천이라는 곳에 장사지내기로 하였다.

　그러나 아무리 사람을 풀어 도리천이라는 곳을 찾아도 남산 남쪽에 도리천이라는 지명은 없었다. 큰 낭패가 아닐 수 없었다.

　"이것 보십시오, 대국통 스님! 이것 참으로 큰 일이 아니옵니까?"

　걱정스럽게 물어보는 대신과는 달리 자장율사의 얼굴은 편안해 보였다.

　"너무 심려치 마십시오."

　"허허, 이거 일이 이렇게 되었는데 어찌 속이 타지 아니 하겠소이까? 여왕마마께옵서는 분명히 서라벌 가까운 남산 남쪽 도리천에다 묻어달라고 유언을 하셨거늘, 아무리 찾아보아도 도리천이라는 곳은 이 근처에 없으니 대체 이 일을 어찌하면 좋다는 말씀이시오?"

　"소승이 보아하니 저 산이 남산이라면 바로 여기가 정남향이니 여왕마마께옵서는 이 자리를 이른신 것이 틀림없는 것 같소이다."

　"아 그야 저 산이 남산임에 틀림이 없고, 우리가 지금 서 있는 바로 이 자리가 남쪽임은 분명합니다마는 그렇다고 이 자리가 도리천이라는 곳은 아니지 않소이까?"

　"승하하신 여왕마마께옵서는 영민하기가 그지 없으셨던 분이였소. 떠나실 날짜까지 미리 알아 맞추신 분이신데, 소승에게 분부하

여 도리천에 묻어달라 하실 적에는 다 그만한 까닭이 있으셨을 것이옵니다."

대신은 답답하다는 듯 자장율사를 쳐다보았다.

"아 글쎄 그러기에 함부로 자리를 잡을 수도 없고 도리천이라는 그곳을 찾아내어 바로 그 자리에 모시는 것이 도리일 터인데, 이 근처 삼십 리, 아니 백 리 안에는 도리천이라는 지명이 없단 말입니다요."

자장율사는 조용한 목소리로 말했다.

"굳이 없는 지명을 지적하시고 도리천에 묻어달라 하셨으니, 소승은 이제야 그 깊은 뜻을 알겠습니다."

신하가 귀가 번쩍 뜨이는 듯 자장율사를 쳐다보았다.

"그러면 대체 그 도리천이라는 곳이 어디란 말이십니까?"

"바로 이 자리가 도리천이 될 것이니, 이 자리에 여왕마마를 모시도록 하십시다."

"허허, 글쎄 이 근처에는 도리천이라는 곳이 없대두 그러십니다."

"도리천이라는 곳은 원래 이 사바세계에는 없는 곳입니다."

자장율사의 말에 대신이 눈을 휘둥그렇게 떴다.

"무엇이라구요? 이 사바세계에는 없는 곳이 도리천이라구요?"

"그렇소이다. 부처님께서 말씀하시기를 욕계에는 여섯 개의 하늘이 있다고 하셨는데, 그 첫째가 사천왕천이요, 둘째가 도리천이라 했으니, 그 사천왕천을 지나면 저 욕계 육천 가운데 하나인 도리천을 무슨 수로 이 사바세계에서 찾을 수가 있겠소이까?"

"아니 그러면 대체 여왕마마의 장례는 어디다 모시면 옳단 말씀이십니까?"

자장율사는 서 있는 자리를 가리켰다.

"바로 이 자리에 모시면 될 것입니다."

"이 자리는 도리천이 아니질 않소이까?"

"바로 이 자리에 유택을 모시고, 바로 저 아래에 사천왕사를 지으면, 사천왕천 다음이 도리천이니 바로 이 자리가 도리천이 될 것입니다."

"정말 그리 해도 탈이 없겠습니까요?"

"여왕마마께옵서는 유택을 지켜줄 사천왕사를 지어달라는 분부를 그렇게 당부하신 것이 틀림없사옵니다."

14
대국통 자리도 이젠 싫소이다

조정에서는 이런 절차로 27대 선덕여왕의 능침을 남산 남쪽에 모시게 되었고 그 뒤를 이어 제 28대 신라의 왕에는 진덕여왕을 모시게 되었다.

신라 제 28대 진덕여왕은 선덕여왕과는 사촌 자매 사이였으니 제 27대 선덕여왕 작은 아버지의 딸이었다.

그런데 삼국사기의 기록을 보면 제 28대 신라왕에 오른 진덕여왕은 그 이름이 불교에서 따온 승만이요, 귀골이 7척이 넘는 장신에다가 양 손을 늘어뜨리면 무릎 아래까지 내려왔다고 쓰여있다.

선덕여왕에 이은 진덕여왕 또한 불심이 돈독하여 부처님을 숭상하고 스님 위하기를 극진히 하였으니 진덕여왕도 나라의 큰 일을 도모함에 있어서는 미리 자장율사를 모셔다가 의논을 하곤 하였다.

"소승 자장, 문안 올리옵니다."

"어서 오십시오, 대국통 스님. 내가 한 가지 여쭈어 볼 일이 있어서 들라 하였소."

"하문 하시옵소서."

"당나라 태종이 우리에게 묻되, 어찌하여 신라는 대국인 당나라의 연호를 따라 사용치 아니하고 따로 쓰느냐고 힐문해 왔거늘…… 대체 우리는 뭐라고 대답하면 좋겠소?"

자장율사는 잠시 생각을 한 후에 무겁게 입을 떼었다.

"소승, 감히 어찌 국사를 논할 수 있으리오마는 이 마당에 당나라의 비위를 거스리는 것은 화를 자초하는 격이라 심히 대답하기가 어렵나이다."

"당나라의 요구인즉슨 우리 신라도 당나라의 연호를 쓰라는 것인데 대체 이 일을 어찌하면 좋겠소?"

"이 나라 이 백성의 자존심을 버리고 당나라 연호를 쓰는 것을 어찌 옳다고야 하겠사옵니까마는, 하오나 자존심을 살리자고 이 나라 이 백성을 죽음의 구렁텅이로 몰아넣을 수는 없는 일이옵니다. 그러니 저 자들의 요구대로 연호를 따라주는 것이 차라리 훗날을 기약할 수 있을 것이옵니다."

진덕여왕은 고개를 끄덕였다.

"알았소이다! 그러면 대국통의 의견을 쫓아 그리 하도록 하지

요."

　제 27대 선덕여왕의 뒤를 이어 제 28대 진덕여왕이 다시 왕위를 계승하게 되자, 여자가 다스리는 신라를 얕잡아본 고구려와 백제는 또 다시 신라의 영토를 넘보기 시작했다.
　그러니 국력이 약한 신라로서는 감히 당나라의 요구를 거절할 수만은 없는 형편이었다.
　생각다못한 진덕여왕은 하는 수 없이 신라 관리들의 제복을 당나라 식으로 바꾸게 되었고, 서기 650년 진덕여왕 4년에는 별 수 없이 신라 고유의 연호를 버리고 당나라의 연호를 따르게 되었다.
　자장율사는 신라가 살아남기 위해서는 당나라 제복을 입히고 당나라 연호를 쓰는 도리밖에 없다고 진언을 하였지만 그 마음이 편할 리가 없었다.
　그리하여 자장율사는 황룡사 9층탑 앞에 나가 국운이 융창하고 백성이 두루 평안하기를 지극정성으로 기원하며 불편한 심기를 달래고 있었다.
　그런데 하루는 눈 푸른 한 승려가 자장율사를 찾았다.
　"대국통 스님께 감히 한 말씀 올리고자 하옵니다."
　"그래 대체 무슨 말씀이던가?"
　"듣자옵건데, 대국통 스님께서는 여왕마마께 진언하기를 당나라 제복을 입히라 하시고, 연호마저도 당나라 연호를 쓰는 것이 좋을 것이라고 하셨다는데, 이 두 가지가 과연 사실이온지요?"

자장율사는 아무 말도 못하고 그저 그 젊은 승려의 얼굴만 빤히 쳐다보았다.

한참이 지난 후, 자장율사가 무겁게 입을 열었다.

"그래……. 내가 그 두 가지를 수용함이 신라를 살리는 길이라고 진언을 올린 것은 사실이야."

젊은 승려가 화를 삭이느라 두 주먹을 꼭 쥐며 다소 격앙된 목소리로 따졌다.

"하오면 대국통 스님께서는 우리 신라를 저 당나라의 속국으로 만드실 작정이시옵니까?"

"무엇이? 우리 신라를 당나라 속국으로 만들다니?"

자장율사의 목소리가 커졌다. 그러나 젊은 승려는 조금도 물러서는 기색이 없었다.

"제 나라 옷을 벗어던지고 당나라 옷을 입으며, 제 나라 연호를 버리고 당나라 연호를 쓴다는 것은 스스로 당나라 속국이 되는 일이 아니고 무엇이겠습니까?"

자장율사가 다시 조용한 목소리로 물었다.

"허면 내가 그대에게 한 가지 물을 것이니 지체없이 대답하시게!"

"말씀하십시오."

"고구려와 백제가 쉬임없이 변방을 넘보고, 바다 건너 왜구들까지 우리나라를 노략질하는 가운데, 만일 당나라마저 우리 신라를 적으로 삼는다면 과연 우리 신라는 살아남겠는가?"

"아무리 사세가 그렇다고 하더라도 당나라 옷을 입히고, 당나라 연호를 따르는 것은 나라의 체통과 백성의 체면을 손상시키는 일이옵니다."

"죽느냐, 사느냐 하는 위급지경에 체통과 체면만 생각한다는 것은 어리석은 일일 것이야."

그러나 젊은 승려는 끝까지 물러서지 않았다.

"하오나 대국통 스님께서는 훗날, 나라의 체통을 버린 사대주의자라는 지탄을 면치 못하실 것이옵니다."

자장율사의 표정이 굳어졌다.

"그만한 각오는 나도 이미 하고 있네. 나 하나만 사대주의자로, 나라의 체통을 버린 자로 지탄을 받는 대신 우리 신라가 나라를 보존하고 백성들을 살리게 된다면, 나는 기꺼이 내가 사대주의자로 지탄을 받는 쪽을 택할 것이야."

이 당시 자장율사가 진덕여왕에게 당나라 옷을 관헌에게 입히고, 당나라 연호를 쓰도록 진언했다 하여, 후세의 사가들 가운데 일부는 자장율사가 국가와 민족의 자주성을 그르쳤다고 비판하고 있기도 하다.

그러나 자장율사는 이러한 역사의 비판까지도 이미 다 예견하고 각오하고 있었는지도 모른다.

아무튼 자장율사는 이러한 일이 있은 다음에 진덕여왕 앞에 나가 참담한 심정으로 말했다.

"소승, 그동안 과분하게도 대국통의 자리에 올라 주제넘게도 큰일을 너무 많이 도모한 것 같사옵니다."

"그건 또 무슨 말씀이시오?"

"소승 이제 대국통 자리에서 물러나서, 산속으로 들어가 못다한 수행을 하고자 하오니 부디 윤허하여 주시옵소서."

"무엇이라구요? 대국통 자리를 그만 두겠다구요?"

진덕여왕은 자장율사의 말에 화들짝 놀라며 소리쳤다.

"그러하옵니다. 일찍이 부처님께서 이르시기를 출가 수행자는 수행이 본분이지, 벼슬하고 살림사는 것이 본분이 아니라고 이르셨사옵니다. 그러나 이 어리석은 중, 이제 와서 생각해보니 참으로 많은 잘못을 해온 것 같사옵니다."

그러나 진덕여왕은 고개를 저었다.

"아니될 소리! 대국통께서 지금 그 자리를 물러나 산속으로 들어가버리면, 그 소임은 대체 누구에게 맡기라는 말이시오?"

"분황사와 황룡사에만 해도 학덕 높은 수행자가 부지기수이오니, 그 점은 조금도 염려치 마시옵소서."

"대체 무슨 까닭으로 대국통 자리를 물러나겠다는 말인지, 어디 그 까닭을 한 번 들어봅시다."

"이 늙은 중, 그동안 너무 큰 권세를 누렸으니, 그 잘못을 참회하옵고 수행자로 돌아갈 뿐, 다른 까닭은 아무 것도 없사옵니다."

"그러면 정녕 기어이 대국통을 그만 두겠다는 말이오?"

자장율사는 엎드려 간곡하게 말했다.

"나이 들어 병이 들면 그 생각 또한 바르다고만 할 수 없을 것이오니 사람은 때가 되면 물러날 줄을 알아야 하는 법이라, 이 어리석고 늙은 중은 이제는 산속으로 들어가 오대산에 암자를 짓고 문수보살님을 기다릴까 하옵니다."

"대국통께서 정 그리 산속으로 들어가기를 원하신다면 내뜻만을 고집하여 끝까지 붙잡을 수만은 없는 일이니, 내 허락할 것이오. 그래, 그럼 대국통의 뜻대로 하도록 하시오!"

"…… 성은이 망극하옵니다."

자장율사는 당시 불교계의 최고 지도자 대국통 자리를 스스로 벗어 던지고 시자 한 사람만을 데리고 지금의 강원도 평창군 진부면 오대산에 이르렀다.

그런데 오대산에 와 산세를 살펴보니 산의 형국이 어김없는 중국의 오대산과 똑같은지라 크게 놀라서 발걸음을 멈추었다.

"이것 보아라."

"예, 스님."

"내 여기다 터를 잡을 것이니, 그리 알아라."

"무슨...... 말씀이시온지요, 스님?"

"산세를 살펴보니 영락없는 중국의 오대산이 우리 땅으로 옮겨 온 것만 같구나."

시자승은 자장율사의 말뜻을 알아듣지 못했다.

"중국 오대산이 옮겨오다니요, 스님?"

자장율사는 신이 나서 흥얼거리듯 말하는 것이었다.

"동서남북에 솟아오른 봉우리며 겹겹이 연꽃이 피듯 자리잡은 묏부리 하며, 참으로 중국 오대산을 쏙 빼다 놓은 것 같구나."

"아, 예. 하오시면 스님께서는 여기에 암자를 지으실 작정이시옵니까요?"

"그래! 바로 이 자리에 암자를 세우면 부처님의 정법이 세세생생 흥왕할 것이다."

자장율사는 바로 그 자리에 풀을 베어 지붕을 덮고 초막과도 같은 암자를 세웠다. 바로 이 암자가 오늘의 오대산 월정사가 된 것이다.

자장율사는 이 오대산에서 3년 여를 지내면서 사분율갈마사기, 십송율목차기, 아미타경의기, 관행법등을 저술하고 밤에는 참선수행을 하였다.

하루는 자장율사가 조용히 사미승을 불렀다.

"이것 보아라."

"예, 스님."

"내일에는 이 암자를 떠나야 할 것이니 걸망을 챙겨두도록 해야 할 것이다."

"하오시면 이 암자는 비워두시게요, 스님?"

"비워두기는? 내일 아침에는 이 암자를 맡을 사람이 찾아올 것이니라."

시자승은 어리둥절해서 자장율사를 쳐다보며 눈만 깜박거렸다.

"아니 스님, 이 첩첩산중에 누가 찾아올 것이라고 그러십니까요?"

"문수보살님이 찾아오실 것이니라."

문수보살이라는 말에 시자승의 눈이 화등잔만해졌다.

"예에? 문수보살님이요?"

그 다음날 아침이었다. 새 우짖는 소리가 유난히도 크게 들리는 날이었다.

자장율사가 예불을 올리고 있는데, 웬 노파 한 분이 암자 앞에 나타나서 애원을 하는 것이었다.

"이것 보시우, 스님네들—. 이 늙은이를 좀 살려주시우."

시자승이 깜짝 놀라서 할머니에게 달려갔다.

"아이구, 아니 이 첩첩산중에 웬 할머니이십니까요?"

"아이구, 아이구, 이 늙은 것이 어제 아침에 산나물을 뜯으러 이 산속에 들어왔다가 그만 길을 잃고 밤새도록 헤매어 다녔구료."

"아니 그러면 할머니 혼자서 말씀이십니까요?"

"자식두 없이 영감 할멈 살다가 영감이 먼저 저 세상에 갔으니 나 혼자 산다우."

"할머니 집이 어디신데요?"

"어디기는? 저기 저 산 아래 살았지. 아이구, 그런데 언제 이 산중에 암자를 지으셨는고?"

"제가 우리 스님을 모시고 들어와서 이 암자를 지은 지가 한 3년 됩니다요."

"에잉 쯧쯧쯧! 아니 그래 암자를 지으려면 사람 사는 근처에다가 지을 것이지, 하필이면 이런 첩첩산중에 지으셨을꼬?"

"우리 스님께서 이 산이 중국의 오대산과 똑같다 하여, 그래서 여기다가 암자를 지으셨는데요. 이 자리가 아주 둘도 없는 문수도량이라, 부처님 정법이 세세생생 흥왕할 것이라 하셨습니다요."

"이 자리가 문수도량이라구?"

"예, 우리 스님께서 분명히 그렇게 말씀하셨습니다요."

"그렇게 좋은 터라면 나도 여기서 불공이나 드리면서 살았으면 좋겠구먼."

"예에? 할머니께서 이 암자에 살고 싶으시다구요?"

"아이구 참, 내가 주책이지. 남자 스님들만 계시는 암자에 아무리 늙긴 했지만 아녀자가 함께 살자는 건 말도 안되는 소리지. 그렇지 않수?"

시자승은 고개를 갸우뚱했다.

"그, 글쎄요. 그런 것은 우리 스님께 여쭤봐야겠습지요."

이때 자장율사가 예불을 마치고 나와 노파에게 합장하고 정중히 예를 갖추었다.

"어서 오십시오. 오시기를 기다리고 있었습니다."

노파가 무슨 영문인지를 몰라 어리둥절해 하며 물었다.

"아니, 이 늙은 것을 기다리고 있었다니요?"

"저는 마침 이 아이를 데리고 오늘 이곳을 떠날 참이었는데, 보살님께서 오셨으니 오늘부터 이 암자에서 지내도록 하십시오."

노파의 눈이 휘둥그레졌다.

"아니, 이 거렁뱅이나 다름없는 이 늙은 것에게 이 암자를 통째로 주시겠다는 말이시우?"

"저희가 아껴둔 양식도 넉넉히 있으니 아무 염려 마시고 지내도록 하십시오."

시자승이 걱정스런 표정으로 자장율사를 쳐다보았다.

"아이구 저 스님! 아 이 첩첩산중에 이 할머니 혼자 어떻게 지내시라고 이러십니까?"

자장율사 대신 노파가 대답했다.

"그런 걱정일랑은 아니 해도 좋을 것이우. 아, 이 늙은 것이 살면 얼마나 더 살겠수. 그보다두 내가 한 가지 부탁이 있는데……."

"예, 말씀하시지요."

"스님께서 기왕에 이 늙은 것을 불쌍히 여기시거든 이 늙은 것을 위해서 암자나 몇 채 더 지어주시우ㅡ."

자장스님은 얼른 대답하였다.

"알겠습니다. 반드시 지어드릴 것이니 아무 염려 마십시오."

첩첩산중을 찾아온 처음 보는 노파에게 암자를 내주겠다는 자장율사, 더더구나 이 노파를 위해 암자를 더 지어주겠다고 약조하는 자장율사였으니, 스님의 시자는 그만 영문을 몰라서 두 눈을 휘둥그렇게 치켜 뜬채 스님을 쳐다보았다.

"아이구, 스님. 어쩌자고 그런 약조를 하십니까?"

"너도 차차 알게 될 것이니 어서 그만 걸망 짊어지고 내려가자꾸나."

"예에? 아니 그럼 스님, 정말 이 암자를 저 할머니한테 드리고 떠나자는 말씀이십니까요?"

시자승의 말에 노파가 눈을 흘기며 말했다.

"아 그렇게 주기 아깝거든 이 암자를 뜯어서 짊어지고 가시구랴."

자장율사가 두 손을 저으며 황급히 말했다.

"아, 아니옵니다요, 보살님. 아무 염려 마시고 이 암자나 잘 지켜주십시오."

영문을 몰라하는 시자의 등을 떠밀며 자장율사는 암자를 노파에게 맡기고 산을 내려갔다.

얼마나 걸었을까, 시자가 궁금해서 더 이상은 못견디겠다는 듯이 자장율사에게 물었다.

"스님, 소승은 도무지 까닭을 모르겠습니다요. 대체 어쩐 까닭으로 그 할머니한테 암자를 맡기셨습니까요?"

"내가 간밤에 너에게 분명 이르지 않았느냐? 암자 맡을 사람이 찾아올 것이라고 말이다."

"아니, 그러시면 스님?"

"바로 저 분이 문수보살님이시다."

"예에? 아니, 저 거렁뱅이나 다름없는 저 할머니가 문수보살님이시라는 말씀이십니까?"

"내 어젯밤 참선중, 비몽사몽간에 꿈을 꾸었더니라."
"어떤…… 꿈을 꾸셨는데요?"
"이 오대산 암자는 맡을 사람이 찾아올 것이니 그분께 맡겨두고 다른 곳에 더 많은 암자를 지으라는 분부가 계셨다."
"예에? 아니 그러시면 스님, 정말로 꿈속에서 그런 분부를 받으셨다는 말씀이십니까?"
"예끼, 인석아!"
"예, 스님."
"옛날 부처님께서는 풀 한 포기도 부처님으로 보고, 나무 한 그루도 부처님으로 보라고 이르셨느니라."
"풀도 부처님으로 보고, 나무도 부처님으로 보라구요?"
"그래. 자, 그럼 이번에는 저 사자산으로 들어가자꾸나."
시자승이 얼굴을 찌푸렸다.
"아이구 스님, 하필이면 왜 또 저 험한 사자산입니까요?"
"사자산이 싫거든 너는 여기서 살아라. 나 혼자 갈 것이니……."
자장율사는 이렇게 말하고는 혼자서 성큼성큼 사자산을 향하여 걸어가는 것이었다. 시자승이 허둥지둥 쫓아가며 소리쳤다.
"아, 아이구 스님. 스님, 소승을 버리고 가시면 어쩝니까요? 예? 스니임—."
자장율사는 이번에는 지금의 강원도 영월군 사자산 안에 법흥사

를 지었다.

 자장율사가 부처님의 진신사리를 모셔 지은 바로 그 법흥사가 오늘의 저 유명한 사찰인 법흥사이다. 이 법흥사에서 한 일 년 정도 머물고 있던 자장율사는 어느날 아침 예불을 마친 후에 시자승을 불렀다.

 "이것 보아라."

 "예, 스님. 부르셨사옵니까요?"

 시자승이 급히 뛰어왔다.

 "그래. 너 어서 걸망을 챙기도록 해라."

 "예에? 아니 또 마을로 탁발을 나가시게요?"

 "아니다. 이제 또 이 절을 떠날 때가 되었느니라."

 "예에? 떠날 때가 되다니요, 스님?"

 "아니 인석아, 너는 말귀도 못알아 먹느냐? 오늘 이 길로 이 절을 떠날 것이니 어서 걸망부터 챙겨오도록 하란 말이다."

 "아이구, 스님. 죽을 힘을 다해서 겨우겨우 지어놓은 절인데, 이 절을 버리고 또 떠나자니요?"

 "버리지 아니하면 천 년 만 년 이 절을 짊어지고 살 것이냐?"

 "그래두 그렇지요, 스님. 이번에는 이 절을 맡아줄 사람도 없는데 비워두고 떠나자 하시니……."

 "내일이면 이 절을 맡아줄 사람이 올 것이니 너는 그런 걱정 하지 말고 걸망이나 챙겨야 할 것이니라."

그래도 시자승은 머뭇거리고 그 자리에 서 있었다.

"하오나, 스님……."

"또 무슨 말을 하려는 게냐?"

"이렇게 자꾸 버리실 양이면 힘들여서 절은 자꾸만 왜 지으십니까요?"

자장율사는 시자승을 한 번 쳐다본 후에 나지막한 목소리로 시자승을 불렀다.

"이것 보아라."

"예, 스님."

"사람들은 모두들 다 내 집이요, 내 땅이라고 죽을 힘을 다 들여서 집을 짓고 땅을 파고 있다. 그렇지 아니하더냐?"

"예, 그렇사옵니다."

"허나 사람은 누구나 늙고 병들면 이 세상을 떠나가게 마련이니라. 그렇지 아니하더냐?"

"예, 스님. 그렇사옵니다."

"떠날 때는 모두 다 버리고 떠나게 되어있다. 집도 땅도 남편도 아내도 자식도 다 버리고 떠나는 게야."

"…… 예."

"세상 떠날 적에 제 집을 짊어지고 떠나는 사람을 보았느냐?"

"그야 보지 못했습니다요."

"세상을 떠날 적에 자기 땅을 짊어지고 가는 사람도 없고, 제 남편, 제 아내, 제 자식을 데리고 가는 사람도 없으니 이 세상 모든 사람은 모든 것을 다 버리고 떠나는 게야. 그렇지 아니하더냐?"

시자승은 얼른 대답을 하지 못하고 우물쭈물거렸다.

"그, 그건 그렇사옵니다. 스님."

"출가수행자는 무엇이든, 언제든, 버리고 떠날 줄을 알아야 하나니……. 자, 어서 걸망을 짊어지고 나오너라. 이번에는 우리 바닷가로 가자꾸나."

15
아상을 가진 자가 어찌 나를 보리요

자장율사는 시자 한 사람을 데리고 이번에는 태산준령을 넘어 동해 바닷가 강릉에 수다사를 세웠다.

자장율사는 수다사에 머물며 수행을 계속하고 있었다.

그러던 어느날 밤 자장율사는 문수보살님의 꿈을 꾸었다.

"대국통을 지낸 자장은 들으시오."

"예에? 아, 아니 보살님께서는……?"

"중국 오대산에서 만난 문수보살인줄을 이제는 알아보시겠소?"

"아, 예. 보살님, 알아뵙겠나이다."

"그동안 대국통 자리에 올라 권세를 누린 소감은 과연 어떠하시었소?"

"예에? 권세를 누린 소감이라구요?"

"부처님께서 이르시기를 권세를 가까이 하여 힘없는 중생을 업

신여기지 말라 하셨거늘, 그대는 기나긴 세월동안 대국통 자리에 올라 권세를 누리면서 수행을 게을리 했으니, 그 감회가 어떠하냔 말이오!"

"소승 이제 와서 돌아보건데, 부처님 당부를 어기고 권세를 가까이 한 죄, 참으로 무겁고 무거운 줄을 알겠나이다."

"출가 수행자가 권세를 가까이 하고 벼슬을 탐내면, 그 죄는 지옥이 삼천 개라 하였거늘 그대는 어찌하여 출가 수행자의 본분을 저버리고 벼슬살이에 아까운 세월을 다 보냈단 말이오?"

"수행을 게을리 한 죄, 참으로 무겁고 무거운 줄 아옵니다. 대체 이 무거운 죄를 어찌하면 좋겠사옵니까?"

"내일 대송정으로 나오면 나를 다시 만날 수 있을 것이오!"

자장율사는 혹여 잘못 들은 것이 아닌가 하여 다시 물었다.

"대송정에 나가면 다시 만나뵐 수 있다고 하셨사옵니까?"

"그렇소! 대송정이오!"

"알겠사옵니다, 보살님. 내일 대송정으로 나가 다시 뵈올 것이오니 부디 이 어리석은 중생을 깨우침의 길로 인도하여 주십시오!"

자장율사는 이런 이상스런 꿈을 꾸고 난뒤, 그 다음날 걸음을 재촉하여 대송정으로 나갔다.

그러나 아람드리 큰 소나무들이 어우러져 있는 바닷가인 대송정에는 무심한 바다새들만 우짖고 있을 뿐 문수보살의 모습은 보이지 않았다. 그런데 한아름도 넘는 한 그루 큰 소나무의 뒤를 돌아가니 웬 거렁뱅이 차림의 노인 한 사람이 소나무 등걸에 기댄채 낮잠을 자고 있었다.

자장율사는 조용히 다가가서 노인의 어깨를 가만히 흔들었다.
"이, 이것 보십시오. 노인장. 이것 보십시오."
잠시후 노인은 두 눈을 뜨고는 귀찮다는 듯 투덜거렸다.
"으음―. 응? 아니 이거 댁은 뉘시기에 남의 낮잠을 깨운단 말이오, 이거?"
"아, 아이구 이거 죄송스럽게 되었습니다마는 어느 분을 좀 찾고 있던 중이라……"
"아니, 이 바닷가 소나무 밭에서 대체 누구를 찾는단 말이시오?"
자장율사는 더듬거리며 말했다.
"아, 예. 저…… 노인장께서는 잘 모르실겝니다마는……"
"나는 잘 모를 것이다?"
"아, 예."
이 대답에 노인의 얼굴이 갑자기 붉어졌다.
"흥! 나같은 거렁뱅이 늙은이가 어찌 알겠느냐…… 그런 말이시구먼?"
"아, 아니올시다. 그런 것이 아니옵고……"
"이것 보시오! 그런 게 아니라면 어디 한 번 말해 보시오. 대체

누구를 찾고 있었다는 게요?"
 "아, 예. 저…… 소승이 찾고 있던 분은……."
 "허허, 이거 아주 늙은 거렁뱅이라고 사람을 우습게 보시는구먼!"
 "그…… 런게 아니구요, 노인장―."
 "에이끼, 여보슈! 옛날 부처님 말씀이 형상만 보면 헛 거라고 그러셨다던데, 거 사람 그러는 게 아니오!"
 자장율사는 두 손을 저으며 황급히 말했다.
 "아이구, 아닙니다. 노인장께서 이러시니 말씀을 드리겠습니다마는, 소승이 찾고 있던 분은……."
 "그래 대체 스님이 찾고 있던 분은 누구란 말이오?"
 "아, 예. 저, 문수…… 보살님이라고…… 계십니다요."
 "문수보살님을 찾는다?"
 "아, 예."
 "에이끼, 여보슈!"
 "예에?"
 "그 문수보살은 내가 잘 아는데……."
 자장율사는 노인의 말에 귀가 번쩍 뜨이는 것이었다.
 "예에? 문수보살님을 노인장께서 잘 아신다니요?"
 "내가 아는 문수보살은 저기 저 산속에 계시니, 만나고 싶거든 산속으로 들어가 보시오!"

"어느…… 산 말씀이신지요?"

"산 하면 태백산이지, 어느 산은 어느 산이겠소?"

"하오면 태백산 어느 곳으로 가면 그 문수보살님을 만나뵐 수 있겠습니까요?"

"태백산 갈판지에 가면 아마 만나볼 수 있을 것이오!"

"태백산 갈판지라 하시면……?"

여태까지의 태도와는 달리 노인의 두 눈에 빛이 나는 듯 했다.

"똑똑히 들으시오. 칡 갈자, 또아리 서릴 판자, 칡넝쿨이 또아리를 틀고 있는 곳을 찾으면 그 자리를 바로 갈판지라 할 것이오!"

자장율사는 고개를 갸우뚱거렸다.

"칡넝쿨이 또아리를 틀고 있는 자리라고 하셨지요?"

자장율사가 그렇게 물으면서 멀리 태백산쪽을 한 번 바라보고 돌아서니, 금방까지도 소나무 등걸에 기대어 앉아 있던 그 노인은 온 데 간 데가 없었다.

자장율사는 깜짝 놀라서 노인을 찾았다.

"이것 보십시오, 노인장! 노인장!"

우리의 귀중한 옛문헌 삼국유사 권 제4, 자장정률 편을 보면, 자장율사가 강릉 대송정에서 문수보살을 찾는 사연이 자세히 기록되

어 있다.

 아무튼 자장율사는 강릉 바닷가 대송정에서 어떤 노인에게 문수보살이 태백산에 있다는 말을 듣고, 부랴부랴 시자를 데리고 태백산으로 들어갔다.

 그리고는 칡넝쿨이 또아리를 틀고 있다는 곳을 찾아 다니기 시작하였다.

 태백산에서 자장율사와 함께 칡넝쿨이 또아리를 틀고 있는 곳을 찾아 헤메던 시자승이 자장율사에게 물었다.

 "스님, 칡넝쿨이 나무를 타고 올라간 데는 아닙니까요?"

 "인석아! 내가 언제 나무를 타고 올라간 칡넝쿨을 찾으라고 하더냐? 칡넝쿨이 또아리를 틀고 앉은 자리, 바로 그곳이 갈판지란 말이다."

 "아, 알겠습니다요. 그러니까 칡넝쿨이 또아리처럼 둥그렇게 사리고 앉아 있는 바로 그런 곳을 찾으라 그런 말씀이시지요?"

 "그래. 바로 그 갈판지를 찾으면 문수보살님을 만나뵐 수 있을 것이니라."

 그런데 앞서서 살피던 시자승이 느닷없이 비명을 지르기 시작하는 것이었다.

 "아, 아이구 스님. 소, 소승 좀 사, 사, 살려주십시오!"

 자장율사가 급히 쫓아갔다.

"아니, 왜 그러느냐?"

"구, 구, 구렁이가 소승을 잡아먹으려고 그럽니다요, 스님."

시자승은 새파랗게 질려서 말도 제대로 못하는 것이었다.

"무엇이? 구렁이가?"

자장율사가 시자승의 다리 쪽을 보니, 사람 팔뚝보다 더 굵은 큰 구렁이가 그 긴 혓바닥을 낼름거리며 또아리를 틀고 앉아 있는 것이 아닌가!

시자승은 다 기어들어가는 목소리로 스님에게 애원하였다.

"아이구 스님, 어, 어서 저 구, 구, 구렁이를 어떻게 좀 쫓아 주십시오."

"가만, 가만! 아니, 그러고 보니 이 구렁이가 또아리를 틀고 앉아 있는 모습이 이거 틀림없는 칡넝쿨 모양이 아니냐?"

"아이구 스님, 어서 좀 쫓아주십시오."

"그래, 알았다. 쉬ㅡ. 쉬이ㅡ. 내 이제 갈판지가 어디인지 잘 알았으니, 구렁이 너는 그만 물러가렷다. 어서 그만 물러가렷다. 어서 그만 물러 가래두……."

자장율사가 이렇게 말하니 이상하게도 그 구렁이는 슬금슬금 또아리를 풀고 숲속으로 사라지는 것이었다.

"이젠 되었다. 바로 이 자리가 갈판지이니라. 여기서 기다리면 문수보살님을 만나뵙게 될 것이니라."

 이렇게 해서 자장율사는 구렁이가 또아리를 틀고 앉아있던 바로 그 자리에 석남원이라는 절을 짓고 문수보살을 친견하기를 기다리게 되었는데 바로 이 석남원이 오늘의 저 유명한 정암사이다.
 그런데 하루는 이 석남원에 웬 늙은 걸인 하나가 찾아 들었다.
 "이것 보아라! 나 좀 보란 말이다!"
 시자승이 그 걸인을 위 아래로 쳐다보며 말했다.
 "아니, 대체 웬 늙은 거지가 반말을 함부로 막 하는 거요?"
 그러나 그 노인은 시자승의 말에는 신경도 쓰지 않고, 다짜고짜 큰 목소리로 말했다.
 "이 암자에 자장이라는 늙은 중이 있느냐?"
 "뭐요? 아니, 이 늙은이가 미쳤나? 우리 스님으로 말씀드릴 것 같으면 대국통까지 지내신 큰 스님이시거늘, 감히 어찌 법명을 함부로 막 부르는 것이오?"
 시자승이 큰 소리로 따졌으나, 노인은 눈도 깜짝하지 않았다.
 "너는 안에 들어가서 알리기만 하면 될 것이니 어서 가서 일러라!"
 "어어, 이 늙은이 꼴 좀 보게! 아이구 이런! 삼태기에 죽은 강아지를 담아가지고 오다니……"
 시자승은 기가 막힌 표정으로 마지못해 자장율사를 불렀다.
 "스님, 스님, 스님―."

"대체 무슨 일이더냐?"

"아이구, 글쎄 웬 늙은 거지 영감이 삼태기에 죽은 강아지를 담아가지구 와서는 '자장 있느냐, 자장 있느냐?' 그러질 않겠습니까요?"

"원 저런! 거 필시 미친 거지 영감인 모양이니 돌려 보내도록 하여라!"

"아, 알겠습니다요."

스님의 시자가 걸인 노인에게 돌아와서 큰 소리로 외쳤다.

"우리 스님은 당신같은 미친 거지 영감은 알지도 못하니 쫓아내라고 그러셨소!"

노인은 큰소리로 다시 물었다.

"분명 그리 말하더냐?"

"여러 소리 말고 냉큼 나가시오!"

노인은 더 이상 떼를 쓰지 않았다.

"그래, 그래. 돌아가리라, 돌아가리라. 아상을 가진 자가 어찌 나를 보리오. 아상을 가진 자가 어찌 나를 보리오. 자, 그럼 그만 돌아가자!"

그 걸인 노인이 그렇게 중얼거리면서 들고 있던 삼태기를 거꾸로 들고 치니, 그 안에 죽어있던 강아지가 느닷없이 사자로 변하여 노인을 태우고 번개같이 산속으로 달려가는 것이었다.

참으로 순식간의 일이었다.

시자승이 놀라서 자장율사에게로 뛰어갔다.

"스님, 스님, 스니임—. 저걸 좀 보십시오, 저걸 좀 보시라구요."

자장율사가 나오면서 물었다.

"아니, 왜 그러느냐?"

"저 거지 영감이 글쎄 '아상을 가진 자가 어찌 나를 보리요, 아상을 가진 자가 어찌 나를 보리요.' 하면서 삼태기를 터니 죽은 강아지가 갑자기 사자로 변해 저 영감을 태우고 산속으로 달려갔습니다요."

자장율사는 그 소리에 기겁을 해서는 맨발로 뛰쳐나왔다.

"무엇이? 아상을 가진 자가 어찌 나를 보리요?"

"예에!"

"오! 문수보살님! 문수보살님이 예까지 오셨건만 내가 어리석어서 그 분을 뵙지 못했구나. 문수보살님, 문수보살님—."

자장율사는 문수보살을 부르면서 맨발로 산속을 달려 들어갔다. 시자승도 급히 따라가면서 자장율사를 불러댔다.

"아이구 스님, 어딜 가십니까요? 예, 스님. 스님, 스니임—."

그러나 끝내 문수보살의 모습은 찾을 길이 없었다.

자장율사는 크게 뉘우쳐 절벽아래로 몸을 날렸으니, 이것이 《삼국유사》가 전하는 자장율사의 열반이었다.